夜不語

秘檔案905

Dark Fantasy File

凶靈醫院

夜不語 著

Kanariya 繪

CONTENTS

醫院，顧名思義，是治病救人的地方。

如果非要在世界上選出三個最令人難忘的地方，學校、醫院和墳場，一定會當選。因為不知為何，這三個地方，總是會和死亡扯上關係。

不論在哪個國家，醫院和學校的選址，也會不約而同地選在那個城市的原亂葬崗上。醫院雖然為治癒患者提供服務，同時也是生命的吞噬場，和人生的最後終點站。

沒病的人不住醫院。所以醫院裡的穢氣恐怕比墳場更甚。但是當某一天，醫院的平衡被打破，穢氣蔓延，吞噬起活人時。會發生什麼呢？

好奇吧？

好奇就繼續看下去！

楔子

「最近幾天醫院可不太平，所以我們一定要多加小心！」一個老護士推著推車，一邊走一邊和身旁的小護士說話。

「我怎麼不覺得？護士長，我個人認為安寧病房外邊的住宅才反而怪得很咧。」小護士長得挺秀氣的，大眼睛高鼻樑，看樣子也才二十歲出頭。

「小鄭，妳來咱們衡小醫院多久了？」護士長問。

小鄭下意識地掰了掰指頭：「快半個月了吧。」

「你大學畢業就進來實習，一來就到安寧中心。恐怕是得罪了什麼人，故意讓妳進來遭罪的。」護士長饒有深意地說：「妳還想要妳的前途，估計還得回去琢磨琢磨，看家裡有什麼關係，儘早調走吧。」

小鄭撇撇嘴，「安寧中心挺好的啊，我喜歡這兒。」

護士長突然笑了：「算了算了，我看妳也不是什麼老實人，滑溜得很。不過最近幾天的氣候，真不得了。」

護士長岔開話題，走入一間病房，開始消毒病床和櫃子。窗外的天黑壓壓的，明明不遠處還透著太陽光，可臨近醫院的那片烏雲久久不散。陣陣陰風亂七八糟地颳著，風向變了又變。

「按理說都秋天了，也應該冷了。可前些日子冷了一段時間後，突然又熱了起來。嘖嘖。」護士長嘆了口氣：「天氣熱可不是什麼好事。」

「為什麼天氣熱不好？」叫小鄭的護士感到好奇。

「妳不知道，天氣一熱，生病住院的人就特別多。咱們醫院的死亡率便會提高，壓力大得很。今年夏天就夠熱了，現在變成了冷熱交替。恐怕再幾天，還會有更多人來住院。」護士長不安地看著窗外，「這可不是迷信，也不是我們醫院獨有的現象。我上次去開全國醫療大會的時候，似乎全世界都有類似的說法。」

「這個我知道，我在大學裡學過。」小鄭似乎也想起了什麼：「這叫熱浪效應。自殺率會在每次熱浪襲來時上升。而炎熱的天氣也和醫院收治更多自殘、自殺病例有關聯。特別是高溫和高濕度一起襲來時更是如此，群體性的心理問題也會集中爆發。」

「對，我就想說這個熱浪效應。」護士長笑道，可笑容裡掩飾不了擔憂：「最近醫院裡發生了許多怪事，不知道和熱浪效應有沒有關聯。算了，咱們都小心些。」

「護士長，別擔心那麼多了。咱們在安寧中心，別的事情讓其他部門去頭痛吧。咱們就安安心心地負責讓老爺爺老太太們走完人生的最後一段路。」小鄭倒是看得開：「這間病房以前住的是李奶奶吧，昨天還好好的，今天一大早就走了。真可惜，才六十多歲呢。」

「李奶奶得了惡性食道癌，只能靠吊點滴保命。撐了兩個月已經很了不起了。」護士長換好了床單卻一臉欲言又止。

李奶奶雖然是病入膏肓，但醫生診斷，還有一個多月的壽命。但她卻突然就死了，死相也恐怖得很。手像爪子似的往天空抓，彷彿想要抓住什麼，又或者是想將什麼可怕的東西從自己身上扔下去。

最近安寧中心裡類似的死亡老人，增加了不少。

剛收拾完病房，護士長突然接到一通電話，頓時，臉色猛地變得煞白。

「護士長，妳臉色怎麼這麼差。」小鄭擔心地問：「誰的電話？」

「是安寧中心的部長。要我們去 306 號房處理些事情！」護士長很不情願。

「306 號房間住的是誰？」小鄭在腦海裡搜索了一陣子，像是想起了什麼，小臉煞白。她小心翼翼地問：「是那個 306 號房？」

「就是那個病房。」護士長沒好氣地說：「走吧，我們一起去。」

小鄭點點頭，雖然也不怎麼願意，可卻不敢得罪了護士長。她們兩人推著推車出了病房後，從值班室取了鑰匙，筆直地往前走，來到了 306 號房前。

病房很普通，跟走廊上其他的房間沒任何不同。非要說有區別的話，只有兩個。

房門的正中央偏上的位置，貼著一張紅紙。紙紅得像血，沒有任何的喜慶，卻在這承載著生老病死的醫院中，釋放著不祥！

第二個是房門被鏈子鎖鎖了起來。

護士長和小鄭站在306房的門前，猶豫了一陣子後，這才打開鎖，扭動門把走進去。小鄭在短短的實習期內，聽所有同事不約而同地提到過這間病房。每個人都苦口婆心地提醒小鄭千萬不要進這個房間。

每個人都對這房間內曾經發生過的事三緘其口。所以小鄭雖然因從眾心理的對306房有些恐懼，但更多的是好奇。只是當她真的走進去後，頓時大失所望。

306號房很普通，沒有張牙舞爪的鬼魂，沒有猙獰可怖的佈局。就是一個普通的不能再普通的病房而已。單人床、床頭櫃、廁所，所有的擺設也和其他安寧病房一模一樣。一丁點都不可怕。

「護士長，306號房，為什麼會成了我們中心的禁忌啊？」小鄭奇怪道：「我看沒什麼奇怪之處啊。」

「一個半月前，這間病房還挺普通的。直到住進來了一個病人。」護士長其實也不明就裡：「那個病人叫趙啟明，曾經也是咱們安寧中心的工作人員，我們都叫他老趙。

這老趙不知怎麼發了一筆橫財，辭職不幹了。但是沒多久，老趙就回來了。只不過這一次回來卻從醫生身分，變成了病人。」

「老趙得了絕症，而且老年痴呆得厲害，頭腦混混沌沌經常不清不楚的。根據他偶爾清醒時的願望，最終被送進了安寧中心。就在妳來安寧中心實習前半個月，他突然死了。」

「那老趙得了什麼絕症，難道是某種可怕的傳染病？不然為什麼他死後部長會將這間病房鎖起來，不讓任何人進出？」聽到這，小鄭內心的好奇旺盛地燃燒起來。

「不是傳染病，老趙得的是癌症。我看到他的病例時還倒吸了一口氣。自己從來沒有見過那麼多種癌症全部集中在一個人身上爆發。趙啟明死的時候也才四十來歲。醫院員工每年都有安排體檢，老趙去年的體檢結果都好好的。怎麼會突然就得了十種以上的癌症，而且每種癌症都拖成了末期。太怪了！」

護士長搖了搖腦袋，她至今也仍不解。老趙跟她私交不錯，再次見面時，卻已經快認不出他來了。從前扎實有肉的中年男子，不到一個月變得乾枯、只剩皮包骨。腦袋上茂密的頭髮也掉得只剩稀稀疏疏的幾根毛。眼珠子黃澄澄的，視線沒有焦點，但只要他的視線落在你身上，就能盯得你一身雞皮疙瘩。

那，絕對不是人類應該有的眼神。

「既然老趙已經死了，幹嘛還把 306 號房封起來，甚至在門口貼一張紅紙？」小鄭不解道。

「這我也不清楚，是上面的意思。」護士長向上指了指，「而且老趙預交了費用，訂了 306 房足足一個多月。」

小鄭明白了，「喔，難道是時間到了。部長讓妳把病房騰出來？」

「應該是，現在床位不足，有病床可不能閒著。」護士長無奈道。她沒有說自從老趙死後，這間房裡發生了大量用科學無法解釋的現象。甚至還平白無故地死了好幾個護士，那也是高層將 306 號房鎖起來的原因之一。

這間病房已經大半個月沒有打開過，散發著輕微的不透風的黴味。床單整潔一塵不染，衣架上掛著老趙生前最喜歡的大衣。老趙的行李，也好好地擺放在櫃子中。人死如燈滅，所有存在的痕跡，恐怕也僅剩下死亡前使用過的物品了。

按照習俗，生前用過的衣服、床單被褥，在人死後應該焚燒掉好送到陰間，讓死者繼續享用。衡小是私立醫院，不像公立醫院那麼制式化。通常都會根據約定俗成的習俗來處理死者物品。

特別是人死後，身後物品沒有後人來處理的情況下。

「老趙的親戚什麼時候來？」小鄭著手清理物品，閒暇時問了一句。

護士長道：「他沒有子嗣，也沒有結婚。只有一個妹妹，但是妹妹離得太遠了不肯來。叫我們自己處置老趙的東西，燒了埋了都可以。總之老趙死後留下的存款房產什麼的她已經委託人處理了。沒必要來了。」

「這人情冷薄，有時候親戚還不如鄰居呢。」小鄭吐了吐舌頭。

「衣物等等整理出來，我讓清潔工拿去燒了。有用的東西放在一起，到時候還要寄給趙啟明的妹妹。不要馬虎。」護士長將老趙的行李分類整理成了好幾堆。

兩人收拾了十來分鐘就弄得差不多了。老趙是單身漢東西不多，很容易整理。就在這時，小鄭在趙啟明的行李箱最底端的夾層中，摸到了一塊硬硬的東西。

「護士長，老趙在夾層裡藏了東西，是不是他的私房錢啊？」小鄭驚訝地喊道。

護士長沒好氣地看了她一眼：「都說他單身了，又沒有老婆。用得著藏私房錢嗎？」

「對耶。」小鄭敲了敲自己的腦袋：「可他偷偷在行李箱裡藏了東西是事實啊，一個單身王老五，藏東西幹嘛？」

無論如何，一個人想要將什麼東西仔細藏好，就證明那東西對自己而言是很重要的。

護士長也摸了摸藏東西的地方。那是行李箱支架與布料的夾層，不仔細摸很難摸得出來。在行李箱接縫處，隱約有縫合的痕跡。應該是老趙曾經將布料拆開過，把東西藏進去後又縫上了。

「把藏的東西取出來，一併寄給他妹妹吧。」護士長嘆了口氣。無論趙啟明生前藏著什麼，對一個已經死掉的人而言，都不重要了。物質層面的玩意兒生不帶來死不帶去，還是留給活著的人善加利用吧。

小鄭找來一把剪刀將布料剪開，取出一塊用黑色的油布層層包裹的東西來。幸好行李箱很大，否則趙啟明要把東西藏好可不容易。

「裡邊是什麼，要不要打開看看？」小鄭上下打量了包裹幾眼，好奇得不得了。

護士長敲了敲她的頭：「別打開，我們要完整地寄給老趙的妹妹。」

「切。」小鄭失望地撇撇嘴，開始將整理妥當的老趙遺物打包。就在她們把所有物品放在拖車上準備離開306房時，小鄭和護士長同時呆住了。

通往外界的門，不見了！

小鄭揉了揉眼睛，傻乎乎地指著原本有門的地方：「護士長，門呢？門去哪兒了？」

護士長站在原地轉圈，想要分辨方向。306病房她很熟悉，床頭靠牆的地方是設備牆，裡邊有氧氣輸送管道和電氣設備的插座。床位的牆通往廁所。床右側是窗戶。床左側是衣櫃，衣櫃旁本應該有通往走廊的門。

可就是那本應該有門的位置，現在竟然變成了一面雪白的牆。牆和周圍的牆壁渾然一體，彷彿從綜合樓修好後，就在那兒了。

這詭異的一幕，令兩人頭皮發麻。小鄭用手敲了敲原本是門的牆，表面發出「咚咚」的沉悶敲擊聲。裡邊是實心的。

她俊俏的小臉頓時慘白起來：「護士長，我們是不是在作白日夢啊？」

護士長掐了自己胳膊一下，很痛，不是夢！她沒吭聲，走到窗戶前看了一眼。窗戶外是花園的一角，天空雖然暗淡，可畢竟是白天。花園裡看得到人走來走去，老人和小孩各自在自己的或健身或嬉戲，一切如常。

護士長畢竟年紀大見識多，很快就鎮定下來，一咬牙道：「這裡是三樓，我們砸碎窗戶跳下去。」

「跳樓啊！」小鄭縮了縮脖子，怕怕道：「我不敢，懼高。」

護士長一把拽住了她的衣領，表情有些可怕：「如果妳不敢跳，妳就會死在這裡。」

小鄭通體發涼，腦子裡想起了什麼：「護士長，我以前聽同事說過，自從老趙死後就開始發生怪事，好幾個護士死在了這間病房。難道所謂的怪事指的是這個？」

「那些護士，到底是怎麼死的？」

護士長鬆開了她的衣領，眼神惶恐：「妳不會想知道她們是如何死掉的吧。」

「我想知道。」小鄭畢竟年輕，雖然覺得害怕，但好奇心占了上風。說白了，她還沒有察覺到這件事的嚴重性。

「她們是餓死的。」護士長聲音在發抖：「她們先後進來打理老趙的遺體和清掃房間。之後就沒有人再見到過她們，直到被人發現為止。每一個失蹤的護士都變得瘦骨嶙峋，甚至有的胃裡塞滿了鋪蓋中的棉絮。法醫鑒定，所有失蹤護士都是餓死的，有的人身上的脂肪幾乎全消耗光了。」

小鄭打了個顫：「怎麼可能！那些護士從失蹤到發現遺體，過了多久？」

「時間不長，少的幾個小時，多的最多一天一夜。」護士長回答。

小鄭不明白了：「那麼短的時間，怎麼會將人活生生餓死？而且竟然還有護士消耗完身上所有的脂肪才死掉。一個人不吃不喝可以活三到七天，女性的體脂肪比例高，只喝水躺著不動可以活接近大半個月。」

「沒有人搞得明白是怎麼回事。所以部長才下令鎖住 306 號病房。」護士長搖了搖腦袋：「其實不止這間病房。自從老趙死後，如同什麼東西開始蔓延開似的，醫院變得詭異起來。其他一些房間也時不時會發生超自然現象。只不過那些怪異現象，通常都晚上才出現。所以一到下午六點，醫院會在有發生過可怕現象的房間門前貼一張紅紙，對外解釋說是裡邊在檢修。」

「原來我進來實習的時候，護士長和同事千叮嚀萬囑咐，要我千萬不要進有紅紙的房間，是這個原因。」小鄭急道：「現在怎麼辦，那該死的部長明知道 306 病房有問題，還叫妳來整理老趙的遺物，不是想害死咱們嗎？」

「有什麼辦法，畢竟這房間快一個月沒出事了。大家都有僥倖心理。」護士長想要替部長辯護，最後變成了一聲長嘆：「算了，砸窗戶跳樓吧。這裡離地面只有9公尺高，咱們用床單綁成繩子，跳下去運氣好碰到了樹，最多只會受皮肉傷。」

說到這，她和小鄭找來一把金屬椅子，使勁兒地砸在窗戶玻璃上。椅子的尖角擊中了窗戶，這兩人找的又是強化玻璃角落，最容易破的地方。

可是偏偏椅子彈了回來，玻璃竟一丁點裂口都沒有。兩人不死心地又試了幾次，無論她們怎麼用力，窗戶都如同假的似的，無法破壞。最終兩人累得氣喘吁吁，坐在了地上。

太不科學了。不止門消失了不科學，就連打不破的窗戶也同樣不科學。恐慌的氣氛，在從窗戶撒入的陰沉光線中，逐漸蔓延開。

「護士長，我們怎麼辦，沒門也沒辦法從窗戶出去。安寧病房都住的是老人，幹嘛把玻璃做得這麼結實？」小鄭尖著聲音手足無措。

護士長還算鎮定：「沒關係，咱們再找更可靠的東西砸窗戶。總會砸破的，總會的。妳去廁所看看有沒有水？」

小鄭連忙進到廁所，擰開水龍頭。乾淨的自來水從水管裡流了出來。她稍微安心了些。

「護士長，有水。」

「有水就好，至少我們還有幾天可以自救。」護士長咬住嘴角。她是學醫的，當然清楚水對生命是多麼重要。但水並不是萬能的，靠水她和小鄭能活二十幾天，可是三天後由於缺乏食物，就會處於脫力狀態。七天後基本上只能躺著苟延殘喘了。必須在七天內，想辦法逃走。

小鄭環顧四周，突然眼前一亮：「護士長，呼叫鈴！」

床頭不止有電源線路以及輸氧管道，還有聯絡護士值班室的呼叫鈴。透過它聯絡值班室，一定就會有人來救她們。哪怕306房沒有門，外邊的人只要知道裡邊有人在，至少能破牆救她們出去。

護士長激動地發抖，她用不斷顫動的手將呼叫鈴按下去。等了一會兒，呼叫鈴沒有傳來回應。

「值班護士可能有事去查房了。咱們再等等。」護士長臉部肌肉抽了抽，不只是在安慰小鄭還是安慰自己。

「對對，現在值班的是周樂，她最近和新男友打得火熱。一定是用手機聊天聊得太出神了，沒看到燈亮起。」小鄭緊拽著自己的求生慾。

兩人守在床邊，按了護士鈴大半個小時。始終沒有人回應，一般按下護士鈴只要值班護士看到燈亮了，就會回復並詢問怎麼了。之後就會派護士來查房。

護士長和小鄭兩人瘋按呼叫鈴半個小時了，就算是瞎子都能看到值班室的亮燈。沒有人回應代表著什麼，不言而喻！

「呼叫鈴可能壞了。」小鄭有些絕望。

「呼叫鈴兩個月前才檢修過，不可能壞。」護士長搖腦袋：「有可能是病房裡什麼東西在干擾，也是那股力量，不讓我們離開。」

小鄭快瘋了，「這都叫什麼事，早知道我不跟妳來了。」

「冷靜，冷靜點。」護士長將視線落在床上：「病床的四隻腳拆下來很尖銳，將窗戶打破綽綽有餘。如果砸不破窗子，我們就去廁所砸牆。廁所的牆壁和隔壁 305 號房的廁所連在一起，中間的牆面用的是防火板和石膏板。很容易破壞！」

「好，好。」小鄭見護士長那麼鎮定，也稍微放鬆了些。她跟著護士長拆起床來。

北島說，人能活動的範圍，就是他的世界。你的世界可以讓你變得美好，也可以令你陷入惡夢。

就在小鄭和護士長進入 306 號病房的半個小時後，一直在護士休息室值班的小護士周樂看到 306 病房的呼叫鈴燈亮了一下。

她覺得有些不可思議地揉了揉眼睛，半天沒反應過來。每隔幾秒鐘，306房呼叫鈴的燈又閃爍了幾下。

周樂連忙叫門外在詢問台值班的另一個女護士張琪進來。

「琪琪，306號病房現在應該沒有人住，對吧？」周樂逮著張琪確認。

張琪點點頭：「我記得沒有啊。」

「怎麼房間裡的呼叫鈴在閃，是有人惡作劇嗎？」周樂問。

張琪想了想，翻看電腦裡的記錄：「我確定沒有人住那間病房，而且306裡不是死了好幾個護士，被部長鎖起來了嗎？應該不可能有人破壞鎖進去惡作劇吧？」

說到這兒，張琪彷彿想到了什麼：「對了。半個多小時前我看到護士長和小鄭取了306的鑰匙，也許她們在裡邊。」

兩個女孩對視了一眼，一股毛骨悚然的感覺爬了上來。就在這時，306房的呼叫鈴燈光開始瘋狂的閃爍，如同有極端恐怖的危險，降臨在了待在房裡的人身上。呼叫燈一閃一爍，橙色的光，明暗分明，帶著緊張的氣氛。

「走，我們去306看看。」周樂嚥下一口唾沫，下定決心。她覺得事情有些古怪，如果護士長和小鄭真的在306號房裡，遇到了只能透過呼叫鈴求救的事件，不立刻去查房，恐怕會出大問題。

真出事了，她可脫不了關係。

再加上306號房最近一兩個月流傳出的可怕流言……

周樂和張琪兩人越想越怕，連忙叫上安寧中心的幾個警衛，一行五人快速朝306房去。病房上的鎖果然被打開了，門安靜地關閉著，周圍飄散著一股怪怪的味道。

眾人大著膽子將房門推開，只看了一眼，所有人都險些嚇破膽。只見306病房早已不整潔，床被拆成了零件。四根床腿已經彎曲了，牆上、地板上、窗戶上隨處可見敲擊的痕跡。甚至廁所的牆壁也被破壞了一大半，眼看就能打穿，通往305號病房的廁所了。

床墊周圍一堆垃圾旁，有一具身上掛著殘破布料碎塊的骨架。那些布料依稀能看出來曾經是護士服的模樣。骨架上的肉全被剔得乾乾淨淨，僅剩下一些內臟。甚至有些乾枯的內臟上還殘留著啃咬的痕跡。

306號房的廁所中，躺著另一具屍體。那屍體瘦骨嶙峋，彷彿消耗掉了全身所有的脂肪和肌肉組織。她手裡死死拽著床的某個零件，臨死前似乎還在砸牆壁。

但就在臨門一腳將要砸破牆的前一刻，因為心臟衰歇而死了。

死者是小鄭，先被殺死後吃掉的是護士長。

眾人收拾了病房裡的亂七八糟的物件，發現老趙的行李箱被割開過，似乎裡邊曾經藏過什麼東西。但究竟藏了什麼，誰也不清楚。只好全部打包放進醫院的管理處。

整件事被醫院高層壓了下去，給了死者家屬豐厚的撫恤金。慘死的兩人如同陰霾一般沉重的壓在了安寧中心所有醫護人員的心口，沉甸甸的，讓全部的人都喘不過氣。

只是沒有人知道，這才只是真正的恐怖蔓延開始前的序章！

第一章 病房屍變

「妳就是M。不，不對，妳絕對不是M。

「妳到底是誰！」

我厲聲問。

在嚴老頭的病房中，房門被撞破了，一個女孩的身影露了出來。那個人我很熟悉，竟是一直負責照顧我的酒窩女護士文儀。她手裡甩出什麼，將死後屍變，撲向我的嚴老頭打飛。

之後根本不回答我的問題，從地上躍起。文儀纖細的雙腿裡似乎隱藏著偌大的爆發力，輕輕一跳就越過我，也越過了床。跨越接近四公尺的距離，膝蓋踹在剛剛掙扎著撐起身的嚴老頭下巴上。

嚴老頭雖然死了，可在剛剛附上身的邪惡影子的驅使下，竟然也詭異地動了起來。老爺子的腦袋被文儀的一記飛踢，踢得下顎耷拉，脖子扭曲了一百多度。屍體當然感受不到痛，他扭著脖子，睜開了眼睛。

我嚇了一大跳。人死後瞳孔會變得混濁我知道，可嚴老頭的眼睛是怎麼回事？他的眸子發黃，邪氣十足。一雙爪子似的手舉平，十根指頭如刺刀般朝文儀刺去。

穿著護士服的文儀手腳敏捷，手掌翻花向下，有如捕捉落雨似的將老爺子的攻擊卸掉。腳一探，重重地踢在了老爺子的膝蓋後方。

屍變的老爺子腿腳僵硬，腿筋繃得筆直。文儀連踢了幾下都沒將他踢跪下。她連忙先後退兩步，躲開老爺子的手爪。手掌不停，連綿不絕地用雪白的掌擊打老爺子全身各個脆弱的地方。

老爺子只剩下本能反應，他的雙手揮舞，一直試圖逮住文儀。文儀倒也靈巧，雖然拿老爺子沒辦法，但是始終能輕鬆地躲閃開。可是這樣僵持下去，一個死人一個活人，誰勝誰負用膝蓋想都明白。

我迅速查看四周，決定幫幫文儀。畢竟她剛剛才救了我。自己推著輪椅，抄起一把椅子，朝嚴老頭扔過去。

椅子腳擊中老爺子的腦殼，腦門子上能明顯看到凹進去了一小塊。但老爺子啥反應也沒有。只是用猩黃的眸子朝我這微微偏了一下。他似乎也需要眼睛的視力來觀察世界，斜著的腦袋讓眼睛也斜著，看東西不方便。

文儀連續又躲又打，沒多久就顯得有些乏力了。她再次退後幾步，變戲法似的不知從潔白護士服的哪裡掏出了一把飛鏢，手指輕點，飛鏢「嗖」的一聲就飛了出去。十幾隻飛鏢有的攻擊下門，有的攻擊眼睛，有的攻擊喉嚨。全都是向著要害。

可她顯然沒有和死人戰鬥的經驗，招數全是用在活人身上的。這些飛鏢確實擊中了老爺子，除了朝眼珠子飛去的鏢被老爺子躲開外，剩下的都插在了老爺子的身體上。屁用都沒有。

文儀嘆了口氣，打起精神再次和老爺子混戰在一起。以她的身手，雖然打不過逃是沒問題的。可這女孩明顯是顧慮到我。我一個腿腳不便的殘障人士，很難在雖然身體僵硬但速度絕對不慢的老爺子手裡逃掉。

嚴老頭越打越精神，在病房的燈光下。我恍惚看到他身後有兩道虛影。一個虛影比較凝實，是光線穿過屍體被阻擋後留下的投影。另一個虛影就比較虛了，那個弱弱的影子一直試圖鑽入凝實的影子裡。

一看我就明白了。看來那神秘黑影還沒有完全控制嚴老爺子的屍體，誰知道兩道影子真的合而為一了，還會發生什麼更糟糕的情況。兩個影子越是相互靠攏，老爺子的實力越是厲害。

這還沒有合一呢，我發現屍體已經逐漸產生變化。眸子更黃濁，手爪上的十根指甲，逐漸變得黑糊糊的。文儀將他打退用的力氣也越來越大，證明他的力量在不斷增加。

不能再等了！

我將輪椅移動到床邊，離文儀和老爺子的戰場只剩下不到一公尺。將床用力推開，推到了靠近廁所的位置，我與他們的距離徹底沒有了遮擋。

「夜不語，你在幹嘛？」文儀沒明白我在搞啥么蛾子：「你快逃，我已經沒什麼力氣了。你一離開我就準備腳底抹油開溜。」

「不能放他出去。」我沉聲道：「如果嚴老爺子出去了，恐怕一整層樓，甚至醫院裡所有人都會被他殺掉。」

「顧不了那麼多了，咱們先逃再說。總能想辦法把他困在哪兒的。」文儀苦苦支撐著。

我撇撇嘴，「辛苦妳再撐一會兒，我突然想到了一個辦法。」

低下頭，我打量起了床周圍。自己清清楚楚地記得，這兩天那道黑影也曾經許多次嘗試想要入侵嚴老爺子的身體。可是每一次都失敗了。床周圍肯定有什麼東西阻止了黑影的入侵。

自己敢斷定，早就潛入醫院的游雨靈應該在醫院佈置了些東西。如果真的是她在阻止醫院中流淌的超自然力量蔓延，那麼，她應該留了後手才對。這一點我有把握，也有線索。

首先其他的房間，都只是在門口蒙上了一層阻止超自然力量進入的物質。但唯獨這一個房間，不止在房門口，窗戶，甚至就連床周圍都有。這就證明，連游雨靈也覺得這個房間很特別。

一個特殊的房間，以她的性格，究竟會將後手放在哪兒？曾經她佈置的手段，又為什麼突然都失靈了？

游雨靈她身上，到底發生了什麼糟糕的事？

我一邊找游雨靈有可能留下的後手，一邊思緒萬千，開始擔心起她來。衡小第三醫院真不簡單，自從M將我丟在這裡治療後。自己不光找到了秀逗路癡女道士，甚至就連負責我的女護士，功夫都如此了得。

自己在心裡冷笑了幾聲，感覺自己如同在油膩的陰謀裡艱難地求生。我的眼神飛快地滑過一切有可能不應該存在於這間病房的東西。床下沒有。櫃子周圍也沒有。

就在文儀實在快要堅持不住的前一刻，自己終於眼睛一亮。

有了！

掛在床對面牆上的液晶電視，有問題。一般用牆架掛住的薄薄電視，應該是與牆體平行的。唯獨這間房的電視傾斜角度微微有問題，應該是不久前被人強行搬動過，復原的時候急躁大意了，沒有擺回原位。

「快點啊，夜不語你在摸什麼？逃啊！」文儀的速度慢了下來，她手掌翻的梨花落地般的掌法，也不紛紛揚揚如風中飛絮了。接連踢在嚴老頭的心口上，再次將他踢開後，她抽空急著吼我。

我沒轉頭，「妳白痴啊，用手和腳跟屍體幹什麼仗。找一根鐵棍什麼的抽他啊。」

「老娘從小就學暴雨梨花掌，你瞎嚷嚷什麼勁，我用鐵棍還不如用我的一雙肉掌呢。」文儀氣道：「你講不講道德禮貌啊，對一個辛苦救了你命的人嘰嘰歪歪，磨磨蹭蹭。你再不走，老娘可想開溜了。」

「妳都還有力氣乾吼，還能撐嘛。撐住，就快好了。」我撇撇嘴，用力掰電視機，想要看看後邊藏著什麼。可是電視盒掛架被卡死了，無論我怎麼用力都沒法將電視取下來。

一不做二不休，我稍微撐起身體，將整個人的重量都掛在了電視上。只聽一聲脆響，四十五吋大電視的塑膠支架被我壓變形了。再搖擺幾下後，終於將它拽了下來。

十幾公斤的電視壓在我腿上。我覺得不方便，隨手向後一扔，打量起掛架。

架子上放著一個玻璃瓶，不大。玻璃瓶中盛了大約二十幾毫升的透明液體。那些液體如同自來水，我將瓶子取下來，晃動了幾下。液體流動極慢，應該是某種油類。

我皺了皺眉，沒搞清楚這些油能拿來幹嘛用。為什麼游雨靈，會將這瓶油，特意藏在電視後邊呢？

就在這時，只聽身後的文儀驚呼道：「夜不語，快逃。」

「老是叫我逃，妳煩不煩啊。我才找到收拾嚴老頭的辦法。等我琢磨琢磨……」話還沒有講完，我就感到一股陰風颼颼地從背後竄了上來。自己連忙推動輪椅，下意識地朝右側躲避。

一雙黑乎乎的爪子筆直地插入了牆中，猶如那牆單薄得像是一塊豆腐。我甚至能感到頭髮被其中一根指甲刺到，割斷的幾根髮絲，隨風落地。

自己心臟狂跳，頭皮發麻。如果躲得慢了，自己的腦袋恐怕已經多了十個窟窿。這嚴老頭明明好好地跟文儀互動，怎麼莫名其妙找到了老子身上？

趁著嚴老頭拚命地想將插入牆中的手收回來的片刻，我用了吃奶的力氣推輪椅遠離他。隔了些距離後，自己才看清楚是怎麼回事。頓時有一股想要罵娘的衝動。

只見嚴老頭的腦殼上明顯被我剛剛往後扔的液晶電視擊中了，扯斷的支架其中鋒利的一角巧之又巧地割在了他頭頂，將稀疏的頭髮以及頭皮割掉了一大塊。老爺子的頭都扁了，猩紅的眼珠子也壓到了，模樣慘之又慘。

文儀撲了過去，和剛扯出手的老爺子又打成了一團。老爺子心思不在文儀身上，老是想蹦躂到我身旁來攻擊我。

我苦笑，這老爺子生前嘴巴就毒，想來也是個記仇的人。死了竟然將生前的性格發揚光大了。就算我把他的腦袋削掉了一小半，他又不會痛，沒必要這麼死追著我不放。多大的事啊，又不是玩遊戲，打個小怪還帶吸引仇恨的。

可是無論我多不滿，嚴老爺子的仇恨值已經轉移到了我身上。

老爺子的速度在增加，力氣也越變越大。他黑乎乎的指甲又變長了許多，十根指甲漆黑漆黑的，在燈光下反射著鋒利的光。

文儀已經快支持不住了，一個不留神，老爺子終於逮到了機會朝我再次飛撲過來。

「哎媽呀。」我驚呼一聲，連忙轉動輪椅躲避。可自己本來就已經被逼在了角落中，離門很遠，早就避無可避了。

鋒利的指甲以閉目不及的速度飛快朝我逼近，那尖銳程度就連牆都能輕易戳穿，我絲毫不懷疑他能瞬間將我殺掉。自己腿腳不便，靈活不起來。手上也沒有任何工具，只有手心裡拽著的那瓶不明液體。

「拚了。」我一咬牙，將瓶子揭開，也不管用途用法啥的了。準備一股腦地將液體潑到嚴老頭身上。

就在揭開瓶子的一瞬間，嚴老頭的鼻子猛地抽了抽，之後像見鬼似的先後退了一步。我和文儀頓時大喜，被神秘力量驅使的老爺子的屍體，似乎怕這液體。

「快潑他。」文儀喊道。

「別吵，我知道。」我掂量了一下，也不敢用手接觸這液體，誰知道它的成分是什麼有沒有腐蝕性。畢竟連屍變後的怪物，都對它忌憚萬分。

迅速將瓶子在空中輕輕一揮動，其中一些液體因為離心力的作用飛了出去。我立刻就知道糟了。自己完全低估了液體的粘稠程度。手忙腳亂地往後躲，終於艱難地躲開了即將落到我褲腿上的大部分液體。

還好，我的腿上打著石膏。液體浸入石膏外的褲子，並沒有發生糟糕的情況。而滴在地上的液體，轉瞬間就蒸發了似的，消失得不見蹤跡。嚴老頭偏著脖子，謹慎地繞過液體滴落的位置。那躲在屍體中的神秘黑影感覺到了危險，本能地想要將威脅扼殺在搖籃中。

他一避開液滴就攤手朝我攻擊，方向集中在我拿瓶子的手上。果然，這怪物有微弱的智慧。

我連忙又作勢朝它灑液體，嚴老爺子斜著脖子向後一躲。自己也是拚了，朝文儀使了個眼色。酒窩女護士跟我混了好幾天了，立刻心領神會。操起暴雨梨花拳，往老爺子的腦袋勾去。

拳拳到肉，老爺子身上發出砰砰砰的響聲。他一動不動，只是用猩紅的眸子盯著我看個不停。

我笑了。攤開雙手，讓他看自己早已空空如也的手掌。

怪物沒搞明白剛剛那瓶液體還在我的手掌中，怎麼下一刻就突然沒了。他疑惑地準備先將我殺掉，可是已經晚了。

在他身後的文儀用耍飛鏢的手法將我暗中扔過去的瓶子接住又瞬間丟了出去，連帶丟出的還有三個飛鏢。其中一個飛鏢巧之又巧地打在了小小的瓶子上，將瓶子擊碎。第二個飛鏢在空中打在了第三個飛鏢的末端。第三個飛鏢猛地因為反作用力而轉頭往後飛。

往後飛的飛鏢在飛行途中穿過了擊碎的瓶子，瓶子裡的液體因為極為粘稠一時間沒有被地心引力分開，在飛鏢的帶動下刺入了嚴老頭斜著的嘴巴裡。

環環相扣的動作精彩絕倫，加起來也不過才一秒鐘而已，任憑怪物條件反射般的智慧程度，根本就無法猜到，更沒辦法避開。

液體入嘴入喉嚨，嚴老頭的屍身立刻就停止了所有的動作。他站在原地一動不動，許久，猛地產生了化學反應。屍體不停地抽搐，接著就倒在了地上。燈光下，本來依附在屍體上的一絲影子分離了出來，在光線中想要逃竄。

「別讓它逃了。」文儀大叫一聲。

「我也不想它跑啊，可又能怎麼辦？」我眼巴巴地看著那黑影掙扎著從屍體上站起來，在地面爬行，想要鑽到廁所去。自己和文儀完全沒有任何方法阻止它的離開，畢竟那些神秘液體已經全部灌進嚴老頭屍體的嘴裡。

想到這兒，我身體輕輕一抖，想到了一個辦法。自己以最快的速度彎下腰，將褲腿上的一塊布撕開，朝已經快要徹底逃走的黑影扔去。那些布料上，不久前才落了幾滴神秘液體上去，也許還有用。

黑影一碰到布料，頓時如同被撒了鹽的蛞蝓，不斷地痛苦扭曲。最後蒸發在空氣中，了無蹤影。也不知道是不是被我們消滅了。

我和文儀雙雙癱軟在地，大口急促地呼吸著，心裡升起了一股劫後餘生的慶幸。自己的目光落在護士服已經骯髒殘破的女護士身上，皺了皺眉頭。嚴老頭的屍體已經恢復了正常，現在該輪到她了。

這個女護士文儀，到底是誰？

文儀休息了一會兒，整理了一下自己髒亂的護士服。這才走到原本的床頭位置按下了呼叫鈴，沒多久值班護士就走了進來。來的是一位小姑娘，看到屋裡亂七八糟的破壞場景，頓時嚇了一大跳。

文儀用藉口打發了小護士，期間小護士叫來醫生檢查嚴老頭的死因，還不斷地用難以言喻的眼神在我們倆之間掃來掃去。內心八成把我和文儀當做了激情綻放的病人與女護士組合，甚至有某種怪癖，特意跑到死人的房間大戰三百回合。

對於老爺子的屍體，醫生也覺得古怪。但文儀也不知用什麼藉口搪塞了過去，半個小時後，我們才離開安寧中心。

文儀推著我的輪椅，兩人安安靜靜地朝隔壁住院部走去。

「病房的電源恢復了？」走到半路上，我開口問。

「恢復了。」

「停電的原因找到了嗎？」

「找到了，是人為破壞。有人惡意地在變電器上插了一根鋼釘，引起短路。現在已經換了變電器，也報警了。」

「電來了就好。」我沒營養地說著，腦海裡閃過游雨靈的模樣。之前我懷疑是這個秀逗女道士動的手腳，可以她腦子少根筋的情況，應該是想不出這麼暴力的辦法。如果不是游雨靈幹的，故意破壞變電器的人，又會是誰？

是文儀嗎？不對，她沒有做出那種事的理由。難道除了游雨靈和文儀外，還有第三人，那個人只有破壞了電源，才能達到自己的目的？但是有什麼目的，是需要斷電才能達成的？

在短暫的失神後，我又有一搭沒一搭地和文儀聊著有的沒的。終於，VIP 病房到了。

進門前一刻，我問出自己最想知道的，「文儀，妳的名字是真的嗎？」

文儀愣了愣：「是真的。」

「可妳絕對不是護士吧，哪有護士身手那麼矯捷的。當護士練武功幹嘛，用暴雨梨花掌打針和想要吃妳豆腐的老頭？」

文儀樂了：「好吧，我不是真的護士。至少以前不是。」

「那妳，到底是誰？」我調侃的語氣，瞬間變得嚴肅起來，聲音裡透著冰冷：「妳潛伏在我身旁的目的，到底是什麼？」

「妳和M，有什麼關係？」

文儀沉默了一下，覺得確實應該挑明，換取我的信任了：「我沒有惡意。我是M派來保護你的。」

「我知道妳沒有惡意。」我撇撇嘴：「否則現在妳已經死了。」

自己不是一個會主動傷害別人的人，可是如果我真的發現自己陷入了危險中，也不可能被動的選擇防禦。要殺死一個有潛在危險的傢伙，並不需要暴力，也並不需要太大的力量。耍幾個陰招就夠了。智慧很多時候，比強大的功夫更加有用。

文儀倒是沒信，她看我文文弱弱的，現在還是殘障人士，從頭到尾都不像對自己有威脅。

我繼續道：「雖然妳對我沒惡意，但也沒有善意。告訴我，妳到底是誰！」

「都說了，我是M派來的。」

「不。妳不是！」我沒耐心了：「妳根本就不認識什麼M，甚至M這個字母，都是聽我說的。而妳也臨時找了個藉口。」

話音剛落，文儀臉色頓時變得煞白。她已經沒藉口了。這傢伙一咬牙轉身就跑。

我一動也不動，陰沉著臉，看到她越跑越遠，消失在一盞盞亮起又一盞盞熄滅的走廊燈光中。

自己就站在病房的門口，看了看手機。五分鐘後，從右側逃掉的文儀，從左側走廊跑了回來。她看到我坐在輪椅上看她，愣了愣，大驚失色後，又拔腿跑起來。

五分鐘後，她再一次繞回我跟前。不死心的她嘗試了一次又一次，最後終於累癱在離我不遠的走廊上。

「我為什麼沒辦法離開四樓？」酒窩女護士咬牙切齒地說。

我聳了聳肩膀：「抱歉，回來的時候我用了些小手段。」

「什麼手段這麼可怕？」

「無可奉告。」

文儀橫了我一眼：「你究竟想怎樣？我又沒傷害過你，還救了你一命。」

「沒錯，妳確實沒有傷害過我。所以我也沒有傷害妳。現在咱們來開誠佈公地聊一聊吧。」我轉動輪椅，來到了她跟前，居高臨下的望著她：

「告訴我。

「妳是誰？

「為什麼潛伏在我身旁？

「最重要的是，妳，為什麼看得到那黑影！」

第二章 醫院秘聞

人生最低谷時只要你肯走，往哪都是上坡。

這是我最信奉的一句話。同理可知，謎題繞成亂麻，完全沒有頭緒的時候。只要解開任何一個謎團，都會成為解開亂麻的線頭，從而窺到全域。

我其實並沒那麼在乎文儀是誰，為何潛伏在我身旁。但是我很在乎一點，她為什麼能看到黑影。在這詭異的衡小第三醫院裡，除了我外，就算是游雨靈在沒有借助鬼門道法的情況下，也無法用肉眼直接觀察到黑影的存在。

文儀的身手不錯，可那不過是武功而已。武功和超自然力量之間的差別很大。一個是物理上的，而另一個，卻處於神秘學的範疇。

為此，自己甚至在進入 VIP 樓後，刻意破戒使用了自己隱藏著的一件神器。一個我前段時間剛找到，還沒來得及送到楊俊飛神秘倉庫中，叫做「無限回廊」的東西。這玩意我也是第一次用。在無限回廊的範圍，沒有人能離開。包括我也不行。

我在測試文儀對超自然事物的認知能力，最後得出了結論。她在對付屍變的嚴老頭之前，根本就沒有接觸過類似的東西。

可是就是這樣的她，卻能看到醫院的黑影。這令我很疑惑和在意。

「黑影，什麼黑影？」酒窩女護士眨巴著漂亮的眼睛。

「別裝傻了，那黑影爬出嚴老爺子的屍體時，妳還拚命地叫著，要我別讓它跑了。」

我瞇著眼：「妳怎麼看到的？或許類似的東西還看到過不止一次？」

文儀沉默了一下，她拉開我的病房門。門內沒有熟悉的房間，只有一條跟我們腳下一模一樣的走廊在筆直的延伸，直到黑暗的盡頭。

她的臉抽了抽：「這裡不是說話的地方，我們進去聊。」

我點點頭，隱密地將抓在手裡的「無限回廊」收回來。門內的走廊瞬間不見了，恢復為原本的空間和家具。

說時遲那時快，還沒等我反應過來，文儀已經以極快的速度朝電梯旁的防火門竄過去。眨眼間已經快要打開門跑進樓梯間了。

我再次冷哼一聲，她拉開門腦袋朝前探去，臉上露出勝利的微笑。可她的笑意還沒消失，防火門後的樓梯陡然沒了，變成了一堵白生生的牆。

她的腦袋險些撞在了牆上，幸好這傢伙身手敏捷，纖細的雙腿用力連環踢在牆上卸力。不過依舊稍微撞到了前額。文儀痛得摸著腦袋，灰頭土臉地滾回來。

「算你狠。」她有些氣急敗壞。

「進去吧。」我指了指房門。

酒窩女護士心不甘情不願地跟我走了進去。她賭氣似的坐在床上，小腳一晃一蕩，腦袋裡不知道還在想什麼逃跑的辦法。這小妮子也是挺有趣的，功夫那麼厲害，直接制伏我就得了。畢竟我在她面前也沒什麼抵抗能力，可她偏不。很有原則的沒傷害我。

果然，她是真的沒有惡意。

「我能看見黑影，確實。」終於，小妮子死心了：「我自從潛入這家醫院後，就突然能看到黑影了。」

「妳果然不是護士。」

「對，我並不是。但是我媽曾經是。」文儀說道：「她曾經是這家醫院的護士長，負責安寧病房。直到兩個月前，突然死掉了。醫院的高層知道她死亡後，立刻就拉去火葬場焚化。自始至終，我都沒有見到過她的遺體。」

「我父親死得早，我又因為打小就跟著師傅在山裡學功夫，沒跟在她身旁。家裡那些見錢眼開的親戚通通都被醫院賠的錢買通，替我在和解書上簽了字。」

「難道妳母親的死有蹊蹺？」我皺皺眉。

「是的。我聽聞母親死訊，都是一個多月前的事了。慌慌張張地出山想要為母親辦一場風光的葬禮。母親這人好強得很，一輩子為了別人奉獻，從來沒有替自己著想過。

其實最開始我還沒懷疑，但禁不住聽了些左鄰右舍的風言風語。所以就簡單地調查了一下，想不到這一調查，我竟然真查到了些不得了的東西。

「母親死的可不簡單。當我費盡心思找同學找朋友，找遍所有管道的熟人，終於拿到了母親死亡的現場照片時，簡直驚呆了。」

文儀是從一個當員警的同學那裡偷偷拿到照片的。當她將現場屍檢照片抽出檔案袋時，大驚失色。只見還不算太老，只有五十歲的母親已經慘不忍睹。文儀甚至無法辨認出那個就是自己記憶裡的，平時對自己不問不顧，卻終是滿臉嚴肅的母親。

母親的衣服被撕破成無數塊，殘片遮蓋不住屍身。她渾身所有肌肉組織以及大部分內臟都被掏空，只剩下白森森的骨架。還好，腦袋還完好。說完好無損也不恰當。母親的臉瘦骨嶙峋，只剩下了皮包骨頭。顯然是餓了很久，沒力氣了，餓得眼珠子都凸了出來。

她不是餓死的。而是在最虛弱的時候，腦袋被鈍器擊中。右側腦門凹了一大塊進去，最終是腦死。

「妳母親死的很奇怪，全身大部分的肉都被同在一個病房的年輕女同事吃掉了。」員警同學不是負責她母親案件的，具體情況也不太清楚，只能將所知案情簡要地告訴她。

「最怪的是，一個人要餓成那副模樣，至少也要二十幾天。再加上女同事吃了妳母親的肉，應該又能支持二十天以上。除非兩人困在同一個密閉的屋子裡五十天到兩個月，否則不會出現如此恐怖的情況。

「但根據我同事的調查，她們只不過失聯兩個多小時罷了。找到屍體的病房也沒什麼特別的，門沒有鎖可以自由進出。根本就不是什麼封閉空間。最終結案的時候，只能定調為懸案。」

文儀走出咖啡廳後，整個人搖搖晃晃的。她腦子很亂，雖然母親跟她相處的時間很少，但在心裡，文儀還是對媽媽白衣天使的工作與奉獻是尊敬的。

思來想去，她決定弄一個假的護士執照，混進衡小第三醫院弄清楚母親真正的死因。如果媽媽是被謀殺的，她就殺了那人替母親報仇。如果是醫院的過錯害死了媽媽，她就想辦法把醫院弄到倒閉。

以她敏捷的身手，她很有自信。

於是文儀在一個月前潛入了衡小第三醫院。當時醫院正缺人手，也沒有仔細查過她的底細。女孩順利潛入。可是進醫院沒多久，她就發現了令人震驚的一幕。

醫院裡飄蕩著無數漆黑的影子，一到夜晚就四處遊蕩。剛開始那些影子還沒什麼規律，甚至模樣都很淡。可最近一段時間，影子的顏色變深了。

沒有人看得見它們，只有她能看到。文儀甚至一度以為自己開了陰陽眼。可醫院外的世界歲月靜好，她什麼怪東西都沒見到。這傻姑娘甚至在放假的時候跑去春城十大鬧鬼地點瞅了瞅。

吹得再兇厲的地方，也沒見到異常。而在別的醫院裡，也沒見到什麼飄逸的黑影。這黑影，只有衡小第三醫院有。只有在這裡，她才能看得到。

於是文儀在驚恐中，傻眼了。

這啥情況？她奶奶的自己開天眼是假的，事出異常必有妖。難道母親的死亡不止蹊蹺那麼簡單，還讓什麼不好的東西，影響到了她？

她雖然常年在深山裡練功，可是鎮上的網咖也沒少去過。文儀看了不少恐怖電影和小說，腦袋瓜裡幻想了許多可怕的想法。有可能母親是死於某種兇惡的詛咒，那詛咒能順著親緣關係，傳到了自己身體裡。

「不可能。」當她講述到這裡，我搖了搖頭，否定了她的猜測。

文儀低頭，悶聲道：「如果不是親緣關係傳播的話，我想不出其他可能了。」

「如果能看到黑影是一種詛咒，而詛咒從妳母親身上傳到了妳身上，所以妳才能發現衡小第三醫院的無形怪物。那麼，我為什麼又能看到？」我摸著下巴：「我可沒什麼親戚在這裡死掉，也沒有血親被醫院詛咒。現在問題出在，妳和我，為什麼都能看到黑影。而別人卻看不見？」

例如游雨靈是最後的鬼門道法傳承人，她傳承著來自於鬼門上的神秘能量，照理最應該看到黑影怪物的存在。但是她如果不借助明目咒，單純用自己的雙眼，是看不見的。這就說明，我和文儀不可能無緣無故看見黑影存在。

最有可能的理由，是我們分別都接觸到了，能讓我們見到黑影的東西。但是我仔細地在腦海裡梳理了一遍，並不覺得自己最近觸碰過啥奇怪的東西。

對此我沒什麼頭緒，也沒太多線索。只好存疑在心底，準備在收集到足夠資訊後解開這個謎。

文儀不笨，一個可以將暴雨梨花拳法練得如此精妙絕倫的女孩顯然腦筋也不會不好用。她想了想後，也覺得我的分析很有道理。搖頭笑了：「夜不語先生，雖然跟你接觸的不多。可你總是會讓我驚訝，你太聰明了。聰明得讓我常常覺得害怕。」

「還是叫我小夜吧，妳比我大。我再聰明，那麼多天也沒有看出來妳是假護士。」說到這，我再次凝視她的眼睛：「還有最後一個問題。」

「你問。」

「妳選擇潛伏在我身邊，是真的出於偶然，還是妳刻意的？」

文儀愣了愣：「當然不是偶然。」

「可以告訴我理由嗎？」

她躲在我身旁果然不是偶然。那這傢伙是不是察覺到了什麼？但是沒理由啊，我摔傷了進醫院搶救，之後昏迷不醒十五天。類似的病人多了，文儀的目的是調查母親的蹊蹺死因，卻拽著一個昏迷的人不放，這太奇怪了。

酒窩女護士又低下腦袋，盯著自己的腳尖，好半天才吭聲：「我不知道該不該告訴你。」

「說。」

「不知道你發現沒有。」她吞吞吐吐地說著：「十幾天前，當時你還在昏迷。我偶然路過你的病房，朝裡邊瞥了一眼。頓時整個人都嚇呆了。」

「當時我已經在衡小第三醫院潛伏了大半個月，看過不少薄薄的黑影怪物亂七八糟的遊蕩。可那些怪物們通常都出現在安寧病房附近，其他地方很少看到。」

「唯獨你不同。你的床前也站著一個黑影，那黑影和所有的黑影都不同，最黑最濃。它甚至還察覺到了我的視線，轉過身來，用沒有五官的平面，朝我勾嘴一笑。」

「我嚇死了，恐懼得險些昏過去。之後我總覺得既然你身旁的黑影最特殊，那麼你或許和醫院裡的黑影甚至我母親的死亡都有關係。於是就想方設法讓自己被調到 VIP 樓層，負責照顧你。」

聽到這兒，我背脊發涼，全身都冷颼颼的。簡直難以置信，躲藏在自己身後的影子，居然是最特殊的。雖然我身上也發生過幾次怪事，但是每次都有驚無險地度過了。自己能感到有什麼東西纏著我，卻無法想像，纏住自己的神秘力量，竟然比醫院裡所有的黑色影子都特殊。

「我身上的黑影，有嚴老頭身上逃走的那隻黑和濃嗎？」我艱難地吞下一口唾沫，略有些緊張地問。

文儀回憶片刻，「你昏迷時，就比那一隻更濃了，濃得發黑。如果影子的能力是以顏色的深淺來區分，附身在你旁邊，窺視著你的怪物，恐怕是醫院中最可怕最凶厲的。」

我再也顧不上腳痛，豁然想要從輪椅上站起來，可卻失敗了。連忙推著輪椅來到廁所的鏡子前，鏡子裡倒影著門外的床和坐在床旁的女護士文儀。沒別的了。

我掏出手機，對著自己的身後猛地拍了好幾張照片。同樣也沒拍到黑影的存在。人看不到自己背後的東西，特別是那東西還在特意躲避你的觀察。一想到這兒，我就毛骨悚然。

文儀被我一連串的舉動弄得哭笑不得：「自從你醒來後，那個黑影就沒有再接近你的床了，不知道在忌憚什麼。它連門都進不去。」

「門？」我移動輪椅來到門前，儘量將腦袋湊到地面，又用手指在地上摸了摸，聞了聞。仔細觀察，就看出地面上有一條比較乾淨的透明帶，透明帶上略有些油性物質。

和裝在透明玻璃瓶中，剝離嚴老頭的屍體與黑影的那些液體類似。

果然，游雨靈不止潛伏在醫院中。她還在拚命地以一己之力，對抗黑影，拯救著醫院裡遭遇不幸的人們。這透明的油性液體究竟是什麼，為什麼能抵抗黑影的入侵？我實在很好奇，下次再見到游雨靈，一定要問個清楚。

這女孩既然能針對性的抵禦黑影這類神秘超自然力量，應該也有可能知道它的底細。

見我在思考著什麼，文儀摸了摸腦袋：「小夜，要不要和我聯手？」

「聯手？聯手做什麼？」

「我想找出母親死亡的真正原因，而你恐怕比我更急迫。你身旁潛伏的黑影太可怕了，或許總有一天，它也能控制你。雖然它現在出於某種原因無法進入病房，可是它一天比一天更強大。不止是它，就連醫院中其他的黑影，也都一天比一天強大。如果不找出原因阻止它們，誰知道會變成多糟糕的狀況。」

「你我聯手，我的功夫你看過了，很厲害吧。你的智慧同樣是我需要的，而且咱們都能看到黑影的存在。強強聯手，不難搞成事，達到自己的目的。」

我瞇了瞇眼，這妮子的思考還挺靈活的，分析也很準確。只不過，她的話無憑無據，究竟應該相信多少，我現在還沒辦法確定。在找到游雨靈之前暫時聯手的話，為了我的安全考慮，確實也是個不錯的選擇。

「可以。」沒想多久，我就決定了跟她聯手調查醫院裡的怪事，「妳的母親，究竟是在醫院的哪個地方過世的？」

「安寧病房，306 號房。」

「306 病房？」我愣了愣：「嚴老頭的病房是 305。306 就在他隔壁，現在住著哪個老太太還老爺爺？」

「那個病房至今都沒有住人，空著。」

「空著？」從文儀的語氣裡，我聽出了濃濃的詭異：「難道說那個病房，死了不止妳母親和吃掉妳母親的同事這兩人？」

文儀詫異地看了我一眼：「僅僅憑我的隻言片語就能察覺到這一點，小夜，你果然很厲害。和你合作太正確了。沒錯，安寧病房的 306 號房，在這間醫院裡是個禁忌。前前後後共有五名護士神秘地死在房間裡，統統都死因不明。」

我用手磕了磕輪椅的扶手，腦子飛速運轉起來。死了五名護士的 306 號房，至今都被閒置。文儀的母親是兩個月前死在那個房間裡的，太邪異了。如果那房間沒問題的話才有鬼，根據自己的經驗，說不定正因為 306 病房出現了某種異變，醫院才有那麼多的鬼影。

看來306號房，必須好好地調查一番。

我看了看窗外，早已經凌晨了，不適合再讓文儀繼續待下去，否則會惹人生疑：「文儀美女，妳先回護士辦公室好好休息一晚上。明天我們找個時間去306病房找找線索。還有，將那個病房的所有資料，能找到的，統統找出來。我明天看看，好先有個心理準備。」

「沒問題。」文儀也看了看窗外，不知為何，她眼神裡有些畏縮，彷彿看到了什麼極為可怕的東西：「你晚上小心一些。」

「小心什麼？」我一愣。

「那個黑影。今晚那麼亂，我怕它趁機會闖進來找你。」文儀說完這句話後走掉了。我的視線落在她剛剛停留的地方，久久沒有收回來。文儀肯定看到了什麼，卻沒告訴我，只是稍作警告。

窗外黑漆漆的，暗淡的燈光從花園的一角流淌上來，藉著外界的光線和屋裡的LED燈，隱約能看清離窗不遠的風景。

四樓窗外，什麼也沒有。

可我的心卻涼了下來，冷意聚集在後背，頭皮在發麻。有什麼東西，在黑暗中看著我。

那是文儀口中，一直潛伏在我身旁的，特殊的黑色之影嗎？

我不知道，但是直覺告訴我。那東西異常的危險！

今晚，恐怕又是個不眠夜！

第三章 306病房

人類對危險的直覺，比所有人想像的都更加敏銳。而人類的求生意志，甚至能抵抗睡意。

最近幾天我很累，但是我不能睡著。從屋外傳來的窺視感，從淡變濃，最後肆無忌憚起來。自己明明看不到外邊躲藏著什麼，卻能感受到它的惡意。那是一股想要將我從頭吞下去，連頭髮帶骨頭一併將我消化的饑餓。

躲在窗外的怪物，彷彿要剝開我的皮肉，鑽入我的脊髓和大腦，侵佔我的身體。

我在它赤裸的偷窺中，背脊發涼。自己強自忍著不適感，裝作不理會它。坐在床上開著燈，靜靜地看手機查資料。

時間緩慢地流逝，才剛過凌晨兩點。我有生以來第一次覺得熬夜是那麼難受，時間是那麼緩慢煎熬。要等到太陽從天際爬起來，以春城的深秋而言，還早得很。

我在搜集衡小第三醫院的評價以及逸聞軼事，特別是關於護士的死亡事件。既然在短時間內橫死了五個護士，那麼網路上一定會留下些許痕跡。哪怕私立醫院的公關再好，董事團的關係網再強大，蛛絲馬跡也不可能面面俱到的全部消除掉。

看著看著，窺視感逐漸變弱，窗外的東西似乎不耐煩，最終離開了。陡然沒有了被監視的視線，我心下一鬆，下意識地緩了口氣。自己的腦袋也側著往窗戶方向看了一眼。

就這一眼，自己放下的心，頓時又提了起來。

完蛋了，大意了，實在是大意了！窗外的東西不再看我，有可能是離去。但是還有一個可怕的可能性，那就是它，終於想到辦法進來了！

我渾身發涼，轉向窗戶的腦袋一動也不敢動。窗外夜涼如水，冰冷刺骨的空氣在屋裡流淌，中央空調故障了似的，寒冷爬上了身體。就連病人服和蓋著的被子也阻止不了冷意的侵襲。

窗戶玻璃上，倒映著病房中的風景。我孤單單的一個人坐在潔白的病床上。不，至少現在我不是孤單一個了。倒影中，一團黑漆漆的影子在自己的床後慢慢成形，我在玻璃中的面孔驚恐無助，直愣愣的眼神折射在背後那團本不應該存在的影子上。

影子越來越黑，越來越清晰。它變成了人的形狀，雙手十根指頭尖刺似的，朝我抓過來探過來。

我「哇」的大叫一聲，連滾帶爬地躲下床，迅速跳到輪椅上。瘋狂地轉動輪椅，腦子裡判斷著遠離鬼影最安全的距離，以最快的速度來到病房門口想要撞開門逃出去。

就在開門後的一瞬間，我突然停止了所有的動作。

「糟糕了。」心裡咯噔一聲。總覺得有哪裡不太對。

既然那鬼影一直都無法侵入我的房間，為什麼它突然又能進來了。從門進來的，還是從窗戶進來的？如果它能進來，幹嘛不早進來？而且一直以來，我都無法從鏡面中看到它的存在。否則也不需要文儀提醒我，自己老早就發現它了。

可是它卻在玻璃的倒影裡現身了。它絕對是故意的，目的，就是將我嚇得主動出去。不能出門，絕對不能出門。

我看著敞開的房門，敞亮的潔白走廊。寂靜蔓延在門外，自己的輪子剛好壓在了無接縫的門檻上。輪子的最前端，已經探出門牆大約一公分。

「不好。」我面色慘白，想要將那多餘的僅僅一公分縮回去。就在這時，身旁的燈光豁然熄滅，幾秒後燈光再次亮起時，往後退的輪椅猛地撞在了牆壁上。

我往後看了一眼，後邊屬於自己的病房不見了。只剩下冰冷的牆壁。自己在一條長長的走廊盡頭，同樣是醫院走廊，只是沒有明亮的白熾燈光。

走廊主燈熄滅了，紅色緊急燈一閃一爍將眼睛能見到的一切都染成了紅色。

血一樣的紅。

我愣愣地朝前看，只見面前有一扇普普通通的病房門。門上的標示和房號赫然被好幾張紅紙遮蓋住。

這裡，到底是哪兒？還在衡小第三醫院裡嗎？我又驚又怕，不知所措。好半天都沒有行動。

醫院裡貼了紅紙的房間不能進去，這是好幾個護士警告過我的事情。我在VIP樓層一間僅僅貼了一張紅紙的公共廁所裡，都能遇到險些死掉的恐怖事件。這間無名房居然貼了至少五張紅紙。

如果紅紙的數量表示了房間內發生超自然事件的可怕程度。那麼，這間房絕對是頂級恐怖的。

我不清楚自己為什麼會被鬼影突然帶到了這兒，但是鬼影想要搶奪我的身體，這一點能從嚴老爺子死後看出端倪來。至於為什麼，現在還無法判斷。可我絕不可能束手就縛，把自己的身體讓出去。

眼前的房間不能進，還是從相反方向尋找離開的辦法吧！

在閃爍的紅色緊急燈光下，我順著長長的走廊往深處走，儘量遠離那個恐怖房間。沒多久我就有了判斷。這裡應該還屬於衡小第三醫院，只不過我從來沒有來過這個區域。走廊旁的布局和住院部的每一層都差不多，只不過每一扇門上都用紅紙遮蓋住了門牌。

在這詭異的地方行走，我的冷汗直冒。陰森的風不知從哪裡不斷吹過來，自己老是覺得有什麼東西在我耳畔吹氣吹個不停。

我控制住自己的肌肉，強忍著沒回頭。一次都沒有。

突然，我看到了被紅光染成紅色的牆壁上，出現了許多搖擺的影子。像是無數的樹影在秋風中搖晃。那風中的鬼手，一個個朝我抓了過來。

「你妹的，都給我滾開。」我瘋了似的飛快轉動輪椅逃。這家醫院裡出現的事物，已經不是靠智慧就能解決了。

鬼爪的影傾斜在牆壁上，流水似的朝我襲擊。我行走不便，沒一會兒就累得氣喘吁吁。

「不行，繼續跳下去最後還是會被逮到。誰知道這些鬼東西是怎麼回事。必須要想別的辦法。」我一邊逃一邊自言自語，腦袋轉得飛快。

自己跑不動了，陡然停了下來，決定賭一把。眼看著那些鬼手就要追上來，我迅速從口袋裡掏出一個小袋子，從裡邊撒出了許多玻璃碎渣。

將玻璃碎渣以最快的速度擺放成一個沒有縫隙的圓圈，我安靜地待在圈裡，一動也不動，猶如在等待命運的審判。

那密密麻麻的鬼影終於趕上了我，接連從牆上滑下，朝走廊正中央的我抓來。無數的鬼手前仆後繼地撞擊在玻璃碎渣上，頓時如同撞上了什麼無形的障礙，停了下來。最後繞著我，在碎玻璃形成的圈外繞著。

「果然有用，當初我不怕噁心將玻璃渣從嚴老頭的嘴裡掏出來簡直是太英明了。」我鬆了口氣，摸了摸額頭上的冷汗。

這些碎渣子是游雨靈藏在306病房電視後方，那瓶裝不明油性液體的小瓶子，被文儀用暴雨梨花鏢擊碎後，打入了屍變的嚴老爺子嘴裡。在等待醫院負責人的時候，我強忍不適把玻璃碎渣收集起來了以防萬一。畢竟那些碎渣上，應該都還殘留些許液體。

沒想到這舉動還真救了自己一命。

我就賴在這個圈中，看著不斷在圈外轉的大量鬼爪。從剛開始的害怕，最後看到了麻木。這些樹影變成了鬼爪子沒有什麼特徵，只遵循著最原始的本能，智慧恐怕和蠕蟲不相上下。

自己有點搞不懂藏在我影子裡的鬼影，究竟想要幹嘛。它將我帶到這條走廊，是希望我進入那扇貼了五張紅紙的門嗎？

那漆黑如墨的鬼影，為什麼要這麼做。它如果稍有些腦子都明白，我又不瞎也不蠢，怎麼可能傻得跑進去。

看鬼爪轉圈的我，一邊思考一邊戒備，最後實在太累，不知何時竟然睡著了。直到一雙手拍在了我肩膀上。

「小夜，你在這裡幹嘛？不怕著涼啊？」來人有些驚訝。

我嚇得打了個哆嗦，連忙睜開了眼睛。只見文儀的臉出現在離我不到十公分的地方，長長的睫毛幾乎都要碰到我的額頭了。

「這裡是哪？」我撐起腦袋，險些撞到她的頭。

「就在你房門口不遠啊。」文儀丈二金剛摸不著頭腦：「我說你怎麼跑走廊中央睡，還把碎玻璃亂扔，別的病人踩到了該怎麼辦。」

她咕噥著，轉身準備去找掃把。

我臉色煞白，緩慢地打量四周。果然，自己坐在輪椅上，輪椅在VIP病房走廊的正中央，離我的房間只有三公尺遠。自己的病房門大開著，我周圍繞了一圈玻璃碎渣。潔白的日光透過房間的玻璃窗，鋪灑在地上。

天色早已大亮。下意識地看了看錶，早晨八點半。

怪了，自己什麼時候回來的？還是說我根本就沒有離開過這一層，昨晚發生的一切都只是幻覺？

想到這兒，我低頭看了看輪椅。手隨便一摸，手掌上赫然出現了厚厚的灰塵。

「不是幻覺，也不是夢。我昨晚真的去過別的地方。」自己的眉頭大皺。住院部裡的衛生不說一塵不染，至少還是非常乾淨的。輪椅如果只是在醫院裡走來走去，不可能有如此多的灰塵。

再說自己如果真在走廊中間睡了一晚上，用膝蓋想都覺得不合理。隨時都有護士走來走去值班巡查的醫院 VIP 部，怎麼可能沒人看到我睡在走廊上？

我昨晚到底去了哪裡？那個讓我的輪椅沾滿灰塵的地方，又到底在哪兒？

自己瞇著眼睛，本能地覺得那個地方或許是醫院裡發生怪事的關鍵所在。畢竟，不是任何門，都會被貼上五張紅紙。光是看那扇門，都讓人感到不祥和壓抑。果然自己有必要，好好調查它的具體位置。

轉著輪椅我回到了病房，桌子上有我吩咐文儀查的資料。這小妮子的能力不錯，一晚上就調查得很詳細。

我粗略了翻看了幾眼，文儀就走了進來。

「小夜，我準備好了。」穿著護士服的酒窩女護士扛著一個大大的背包，那足足有一百公升容量的登山包裝得鼓鼓脹脹，不知道裡邊到底塞了多少東西。

我看直了眼：「美女，妳這是準備去徒步環遊世界？」

「環遊你祖先。」文儀白了我一眼：「不是說我們今天要去探 306 房間嗎，我就稍微準備了一下。」

「妳這叫稍微準備？」我吐槽無力。但轉念一想，這女孩的身手不錯，心思還那麼細膩。剛剛掃了一眼資料，306 號房可不簡單。為什麼好幾個死在裡邊的護士都是餓死的？這值得深思。

一個開放的病房而已，怎麼可能會餓死人，人餓了不會抽腿就走，出門去找吃的嗎？除非，那一個個護士最終都無法離去。無論如何猜測，最後只有親自進去，才能找到答案。

「先等一會兒，麻煩妳也替我準備些東西。」我考慮了一下，列了個單子給文儀。讓她在醫院裡搞一些設備。

文儀看了一眼清單，有些傻眼：「小夜，你這是準備去拆房子？」

「照著我的單子去弄，醫院的工具間應該有。」我撇撇嘴，沒解釋。

文儀也是有辦法的人，離開沒多久就將我需要的東西備齊了。滿滿兩個大背包，全壓在了她身上。

我和文儀互相調侃著，離開了VIP樓層，朝安寧中心走去。

那時候，我倆絲毫都沒有預料到，306號房到底有多可怕和邪惡。儘管我們做了心理準備，甚至有自以為萬全的對策。

醫院裡隱藏的恐怖在蔓延，靜悄悄地準備將所有人都吞噬掉。

穿著護士服的酒窩女護士力量驚人，她背上的兩個登山包足足有七八十公斤重。小巧的身材馱著重疊在一起的大大背包，還推著我的輪椅。路過的醫生護士病人紛紛側目，我們也不管別人的目光。

很快就走入了綜合大樓，搭乘電梯到了三樓後，這才不緊不慢地繼續往前走。路過走廊的大落地窗時，我刻意停了一會兒，看向窗外的風景。

綜合大樓的對面靠近鬧區，不遠處有許多民宅。無一例外的是，只要門或者陽臺正對醫院的人家，都會在牆上掛一面鏡子。明晃晃的鏡子盛滿清晨的陽光，反射到醫院中，如同無數的小太陽在發光。

文儀見我看得出神，笑道：「有些人真是可笑。認為醫院是個充滿晦氣的地方，住得近了容易得病。所以一定要用鏡子把醫院裡傳過去的晦氣反射回來。既然那麼在意，幹嘛一定要住醫院附近呢？」

我沒說話，轉頭輕聲道：「走吧。」

自己的額頭上又爬上了一層冷汗，甚至身體都在微微發抖。衡小第三醫院裡的超自然力量，比我想的還要強大。不遠處大樓外牆的無數小鏡子中，也許所有人看到的都只是折射的刺眼陽光。

可我看到的卻不同。

在炙熱的秋日陽光下，鏡子中的醫院一點都不祥和寧靜。我彷彿看到了無數黑影爬在綜合待樓外，密密麻麻。它們努力想要鑽進來，它們靠近窗戶靠近牆的縫隙，靠近一切可以和樓中交換空氣的位置，似乎在從外朝裡吸著什麼。

我的心又冷又涼。它們到底在吸什麼？他奶奶的，我實在是太在意了。是不是在吸著樓裡人的生命？被吸食的生命中，也包括我的嗎？

果然要儘快解開縈繞在這家醫院中的謎，否則我恐怕也撐不到出院了。自己不是沒有想過一個人離開，但是不知道危險抽身離去是一回事。現在明確知道醫院裡所有人都處於高危險狀態，隨時都會被那些黑影吃掉。

說實話，作為一個正常的有血性的人類，自己實在沒辦法見死不救。

進入安寧中心後，我們一路往前。在略顯安靜的走廊裡前進，很快，306 號房到了。

「是這裡嗎？」我抬頭看了一眼。306 的門牌被三張紅紙遮住，之所以能判斷出它的所在。只因為這間房夾在 305 和 304 之間。昨晚被屍變的嚴老頭襲擊的病房，就在隔壁。

306 房門上掛著好幾把鏈子鎖，鎖的縫隙落滿了灰塵。足可見醫院中無論醫護人員還是清潔人員，都對這間房諱莫如深。甚至連打掃門上的鎖，都不願意。

「妳在醫院裡混了大半個月了，有自己進去調查過嗎？」門口，我隨口問了文儀一句。

文儀搖頭，「你都看到門上有鎖了，好幾把咧。我嘗試過好幾次想要去偷鑰匙，但一直沒偷到。鬼才知道安寧中心的人將鑰匙藏在哪兒了。我猜，說不定他們為了不讓別人進去，連鑰匙都乾脆扔掉了。」

「沒鑰匙倒也簡單。妳幫我吸引其他人的注意，我想辦法開鎖。」我打量了門上的五把鎖，掏出幾根鐵絲，嘗試暴力開鎖。

這些鏈子鎖只是看起來結實，其實鎖的結構很簡單。連A級鎖都不算。我一邊開鎖一邊斜著眼睛打量著門上貼的三張紅紙。

只貼了三張而已，就讓醫院戒備成這模樣，鬼才知道昨晚那陌生走廊盡頭，貼了五張紅紙的房間，會有多可怕。

花了兩分鐘，五把鎖全都被打開來。我和文儀偷偷摸摸地將門打開一個縫隙，先將行李扔進去。酒窩女護士正要順著門縫鑽入，被我阻止了。

「等等。」我讓她遮住自己，掏出自拍棒卡住手機，打開錄影功能。之後把手機前端塞入門縫中。

手轉了幾個圈，感覺差不多把屋子裡的每個位置都照了一遍後，自己才把自拍棒收回來。

今天的安寧中心出奇的冷清，醫護人員來往不多。畢竟昨晚出了大事，猝死了好幾個患者。除了必要的醫生和護士在辦公室外，其餘人員都被去開檢討會了。剛剛路過的時候，我看到值班台後的板子上，赫然寫著兩排冰冷的字：

今日入院三人。死亡七人。日期是昨天。今天的人手太少，沒來得及擦拭更新。

人員少，倒是為我和文儀的行動帶來幫助。我也有充分的時間做調查前的準備工作。

四下無人，我和文儀蹲在門口，仔細看著剛剛拍的影片。手機螢幕上，306房裡的一切簡單明瞭。鋪滿灰塵的地面，亂糟糟被拆掉的床，牆壁上被砸的痕跡都還好好地保留著。

醫院沒派人去修，文儀的母親死在裡邊後，只有屍體運了出來。之後這間病房就封鎖了。

至少從影片裡，我看不出任何異常。

「進去吧，別關門。」我察覺不到危險，示意文儀推著我進去。

306室的門開啟的瞬間發出了難聽的摩擦聲，門轉軸有些鏽了。我在門前卡了一個熱水杯，不讓門合攏，刻意留了個小縫隙以免有危險。畢竟從文儀搜集的資料裡，所有死在這間病房的護士，都是餓死的。

會被餓死，就意味著無法進行內部與外部的物質交換。而門是進出的通道，確保它通行無阻就確保了百分之九十的安全率。

可惜，那時候我也沒有意識到。打開門只是確保了一個恒量，但是超自然事件，從來都是無數的變數。

我們顯然低估了貼著三張紅紙的房間的兇險程度，以至於造成了無法挽回的損失。306的房門回彈，被保溫杯卡住，沒有合攏。我往後看了一眼，室內通往外界的縫隙，透著走廊上的動靜。

「很好。」我點點頭，開始打量起室內環境來。

一看之下，我就猛地皺起了眉頭。

咦，怪了！

第四章 邪惡病房

有時候我也挺為自己感到鬱悶的。如果這個世界是個模擬經營類的網路遊戲，那操作我的人一定是個免費玩家。因為在這充滿了詭異物件和無窮超自然力量的人世間，我偏偏除了智慧，就一無所有。

用肉體凡身去抵抗一個又一個恐怖事件，很多時候都讓我充滿無力感。我煩透了這操蛋的生活。很多時候我也會忍不住去利用那些超自然物件，但這個世界的公平就會突然降臨。

每一個物品都有使用條件。我是幸運的，也是不幸的。幸運的是自己很早以前，就在楊俊飛的奇異物品倉庫裡發現了我的不同。我是唯一一個，可以任意使用任何超自然物件的人。那些物件自己拿起來就能用，不需要別的條件。

但我也是最不幸的。

別人用超自然物品只需要符合條件。而我用，卻要玩命。所以黎諾依才會在我不知情的時候，將濫用物品的負面影響導流到自己身上，想要默默替我承受。

自己生命中最重要的兩個女孩，李夢月和黎諾依，都在不斷地為我著想，替我扛起本應該屬於我的責任和壓力。我一個大男人，總會感到深深的自責，卻又無力阻止。

不知為何，進入306病房後，心靈獨白和良心的拷問就一直在折磨我，恍惚間便陷入了沉默當中。

直到文儀一巴掌拍在了我的腦袋上：「喂，小夜，你發什麼呆？」

「沒什麼，想些事情。」我皺著眉頭清醒過來，掃了四周兩眼：「文儀，妳有沒有覺得這間房，有些怪。」

「不覺得啊。」文儀疑惑地看了看：「我從朋友那裡拿到過母親死亡現場的照片，這屋裡的佈局和模樣，和兩個月前相比沒啥變化。」

我敲了敲牆壁：「這房間，有病態建築症候群。」

「啥症候群？」從小就在深山裡學武功的文儀知識水準不算高，大約是高中畢業就沒讀書了。病態建築症候群，她顯然不可能知道。

「妳要知道，有一些建築從蓋完開始，就是有病的。住在裡邊的人會陰鬱，會生病，會發瘋，會自相殘殺。所以最後都變成了遠近馳名的鬼屋。」我聞了聞房間裡的空氣：「那些生病的建築，哪怕看起來和周圍的房子沒什麼不同。可是房子患病了，住在房子裡的人，肯定會出事。」

文儀眨巴了下眼：「你的意思是，306房，就是得了啥病態症候群？」

「對，一進來，我就覺得，這間病房，生病了。」我的神色有些凝重，腦子裡的危險神經緊繃：「妳仔細聞聞這房間的味道，摸摸房間的牆。感受一下，它和別的地方有什麼不同？」

文儀試著聞了一下空氣，封閉空間的氣味有股悶悶的黴臭味，黴臭味中似乎確實隱藏著某種其他的氣息。

她摸了摸牆壁，牆很冷很冷，冷到了骨子裡。

「患有病態建築症候群的屋子，通常都會有怪味，這是因為建築物設計不佳，如密封性過強、通風設計不合理；以及裝修材料含過多的揮發性有機化合物，會引起室內空氣問題，導致身體不適。

「它們都會造成人類的身體健康急速惡化，產生幻覺，甚至因此而死亡。」

文儀沒搞明白：「小夜，你是不是認為我母親的死亡，和這病態建築啥症有關係。而不是死於謀殺？」

「不，我的意思是，306房本身就有缺陷，生病了。再和醫院裡突然冒出來的一股超自然力量攪和在一起，於是產生了更可怕的綜合作用力。畢竟病態建築症候群至今還沒有明確的病症和識別方法。這種症狀可能存在於某一特定的房間或區域，也可能廣泛分佈於整個建築物。」

我轉動輪椅，往裡邊移動了些：「我從前也見過許多所謂鬧鬼的房間，它們都患有病態建築症候群。但唯獨306房，病得最厲害。我從來沒見過這麼可怕的屋子，一進來就讓我渾身難受。彷彿被丟入冰冷刺骨的水中，我都快要冷死，窒息了。」

306病房不知是不是天生就有缺陷，還是後天猛然改變的。這間病房，令人呼吸困難。三十幾平方公尺的空間裡，被早晨的陽光直曬，卻沒有一絲溫暖。雖然是秋日，可裡邊的涼意驚人，三面牆壁上甚至還結了一層黴斑。那噁心的黴斑爬滿了視線所及的任何地方，晦氣無比。

我的眼神縮了縮，這牆上的黴菌也不太一般。是俗稱的冷黴。一般只有深冬才會出現。冬天天氣冷，屋裡熱外邊涼，就會造成牆面結露，形成冷黴喜歡的環境。但現在春城的溫度白天還有十多度，冷黴根本就無法存活。

實在有些反常。

自己小心翼翼地採集了一些黴斑採集，密封在塑膠袋中，準備等會兒拿出去讓文儀幫我化驗一下。我總覺得這些冷黴菌群，或許能夠提供些關於衡小第三醫院為什麼會變得如此恐怖的線索。

文儀終於親眼看到了母親最後嚥氣的地方，她指了指牆的一角：「照片上，我母親就死在那裡。身上的肉一點都不剩，只剩啃不動的骨架和不能吃的內臟。那個跟她一起進入306房的叫做鄭秀的護士實在是太可惡了，她餓瘋了啊，怎麼能將我母親吃得那麼乾淨。」

她的話讓我有種不適宜的喜感，但是文儀大大的眼睛裡聚著淚水，頑強地在眼眶裡打轉。女孩蹲下身，從自己碩大的登山包裡掏出香蠟和一些吃食，一樣一樣擺好祭拜母親。

文儀跪著磕了幾個響頭，嘴裡唸唸有詞：「老媽，妳生前是餓死的，多吃一些。雖然妳一輩子也沒怎麼管過我，我也和妳不親。不過我還是愛妳的。」

她祭拜完，又調查了一番，用手機拍了幾張照片。306號房不大，屋裡的家具擺設幾乎沒剩下什麼。被拆掉的床只留下幾根金屬架子，床墊都被拿走了。可調查的地方員警都已經採集過，一目了然，就算是我也沒看出別的線索。

「走吧。」文儀與其說想要進來尋找新的線索，不如說更想祭拜母親。

我覺得在這房間中越發的難受，那股壓抑和空氣裡流淌的不知名氣味，一直令我備受煎熬。於是我也點頭，準備和她一同離開。

但當我們轉過頭時，頓時如同被冰凍的箭射中似的，透心涼的呆立在原地，傻了眼。

什麼情況！門，怎麼不見了？

「他媽的怎麼回事，門，應該在這位置吧？」我爆了句髒話，三步併作兩步地上前，敲了敲本應該有門的地方。

敲擊聲咚咚響，沉悶的如同整個房間都死去了。我們彷彿困在了怪物的肚子裡，被消化，等待腐敗。

文儀瞪大眼睛，滿臉不可思議：「我確定門就在這裡。怪了，難道那扇門長腳了還能跑不成？」

「跑沒跑不清楚，但是妳母親的死亡之謎恐怕已經解開了。她和另一名小護士進來後，或許同樣發現門不見了，無法出去。」我摸著下巴：「不只是她，早先死的三個護士，說不定也遇到了類似的狀況。」

「沒門的話，窗戶應該能逃出去啊。」文儀不能理解，她看著對面明晃晃的窗戶，手一抬，也不知道從哪裡翻出幾根梨花鏢，嗤嗤嗤的發出破空聲，以肉眼難以捕捉的速度打在了窗戶玻璃上。

尖銳的梨花鏢每一根都能發揮破窗錘的效果，但是在和那薄薄的鋼化玻璃接觸後，卻紛紛發出撞擊聲，無力地跌落在地上。毫無效果不說，甚至連玻璃上都沒留下任何痕跡。

自己的力道自己知道，文儀驚訝地鼓著圓眼，一臉難以置信：「我可以罵髒話嗎？什麼時候醫院的玻璃品質這麼好了？」

我搖頭：「這絕對不是單純的玻璃品質就能解釋的。應該是有一股超自然力量，不止將306房的門遮罩了，就連窗戶上也留下了保護能量。單純物理攻擊，應該是打不碎的。」

說著我從口袋裡掏出了她幫我搜集的資料：「最早死在306病房的是一個曾姓護士，她猝發橫紋肌溶解症，過世了。一般橫紋肌溶解是在平時運動量不大的情況下，偶然因為突然且大量的運動而造成的。但是護士每天跑來跑去本來運動量就很大，要發生橫紋肌溶解症並不容易。除非這個女護士，忽然在306房不斷地做劇烈運動。」

「第二個死掉的護士，死於脂肪消耗過度的心臟衰歇。第三個護士，雖然資料寫的是在306自殺，可是死之前，她就已經餓得皮包骨了。大概是餓得受不了，也絕望了，才選擇自殺。」

「有記載最後死在306的，就是兩個月前妳的母親和一個叫鄭秀的護士。鄭秀究竟有沒有因為饑餓而殺了妳母親吃肉，這個已經不可考，畢竟就算是死後解剖，也必須要在大部分屍體都完整的情況下。只剩一個空骨架可得不出太多線索。」

說到這兒，我頓了頓：「究其所有，妳母親的死果然不能怪別人。是306病房困死她，害死她，殺了她。」

文儀低下腦袋：「現在說這些有用沒用的已經沒有意義了，那份資料我看過無數次，我也沒有怪誰。當務之急，是我們怎麼逃出去？」

「妳背包裡帶了什麼？」我問。

「全是吃的，滿滿一大背包。」文儀回答，這女孩想的倒也仔細：「306 中的護士都死於饑餓，這一點我能看出來。所以我帶足食物，夠我們吃一個多月了。」

我走到廁所，擰開水龍頭，先是一股黃水噴出水管，接著乾淨的水流了出來。看來和資料上一樣，困在屋裡的人並沒有缺水的困擾。水足夠，就是沒食物。

「妳來看看我讓妳幫我弄來的設備，比食物有用得多。」我得意道，從自己的背包中一樣樣抽出了衝擊鑽、各式轉頭、電源延長線、牆面切割機等等物件。

「困在屋裡的人，每一個其實應該都努力地想辦法求生。但是她們的工具不夠力，不是用手抓牆，就是用床架拆下來的鋼管拆牆。那個吃了妳母親的鄭秀，真的很可惜，離隔壁 305 病房的廁所只剩下一丁點距離，眼看就能打穿逃出去了。可惜，功敗垂成，最終餓死在了逃生的前夕。」

「有電鑽就不同了，我半個小時就能把牆打穿。沒門都能給它活生生挖出個門來。」

文儀一臉崇拜：「小夜，我在這裡嚴正道歉，今早你要我替你弄設備的時候，我還在內心使勁罵你腦殘。你果然有先見之明。」

我呵呵笑著，將衝擊鑽插上電源。一扣下電鑽扳機，電鑽就嗚嗚地轉動起來。自己頓時心裡一喜，果然有電。看來屋子只是不讓人離開，水電管線並不在它的阻止範圍。

來到廁所，兩個月前小護士鄭秀在牆上挖出來的坑還赫然留著，裡邊爬滿了黴菌。我捂住鼻子，用衝擊鑽開始打牆。

一分鐘五千轉的轉頭劈啪劈啪的衝擊進牆壁中，猶如鑽入了豆腐裡一般輕鬆無二。沒過多久，我就在牆上開了十多個眼子，用錘子錘開多餘的石膏板。自己志得意滿信心十足，根據資料，安寧中心為了省錢，廁所都是用石膏板和隔壁分隔的。加上防潮板和防水層，厚度大約二十公分。鄭秀死前將 306 的廁所敲得差不多了，只剩下最後兩公分沒敲開，我用衝擊鑽打進去十公分，完全足夠了。

可是當最後一塊石膏板被敲下，牆面露出了腦袋大的一個洞，深足足有十公分。我朝裡邊看了一眼，腦袋頓時傻了。

就連酒窩女護士也傻眼了。情況有些不太對，本應該出現的隔壁 305 室廁所，半點蹤影都沒有。深坑中還是牆。

我扯了扯臉部肌肉，不死心地繼續往裡邊挖。十公分不夠，我就挖二十公分，三十公分深。這面牆總共也才二十公分厚，我就不信挖不穿。

世上的事，從來就沒有篤定的。有人說正是因為不確定性，才讓世界變得精彩。要我說，老子早就煩透了什麼不確定因素。

三天時間，足足三天時間，我和文儀輪班不停地在 306 病房的廁所用衝擊鑽挖洞。哪怕是打石膏牆，鑽頭也因為長時間使用而磨損了三根。幸好文儀是工具白痴，在工具間偷拿電鑽的時候，順手拿了一個小箱子，裡面大約三十幾根鑽頭。

哪怕用了三天，我們將牆面挖出了一個洞，深度高達兩公尺多，按照直徑計算。早應該挖穿 305 病房的廁所，挖到了擺放懸掛電視的位置。可詭異的是，深洞裡的牆，仍然沒有到底。

「該死，這面牆到底有多厚？」我和文儀撐不住了，雙雙癱在地上抱怨。

文儀抱著胳膊，眼睛裡全是恐懼：「小夜，我們真的能逃出去嗎？」

「應該能。無論如何，牆的厚度也是有限的。我就不信我挖它個十幾公尺，幾十公尺，把樓都給挖穿了，咱們還出不去。」話是這麼說，可我也有點沒自信起來。

「希望如此吧。」她撐起身，正準備強打精神從包包裡拿點東西吃。就在這時，文儀的所有動作都不知為何停歇了，她的瞳孔猛地擴大，彷彿看到了什麼不可思議的事情。

「門，小夜。門出現了！」

她驚喜地大喊道。

本來還有些沒精打采的我，立刻坐起來。果不其然，已經失蹤了足足三天的門，不知為何出現在了它原本的位置。

我們來不及興奮歡呼，就已經迫不及待地衝上去，什麼都不顧地準備拉開門逃生。人算不如天算，還沒等我們開門，門已經自己敞開了。

從門外偷偷摸摸地跑進來三個身影。

我和文儀的速度都不慢，奈何離門至少有兩公尺遠，要衝過去需要幾秒鐘。可是進來的三人速度同樣不慢，做賊似的一進來就準備將門關死。

「別關門！」我和文儀同時尖叫。

但是已經來不及了，門被最後的女孩關起。三個新來的人背對著門，絲毫沒有看到他們跟前我和文儀眼中的絕望，以及身後的門在關閉後，再次消失不見。

門沒了，和門同時消失的，還有我和文儀殘存的希望以及冰涼的心！

第五章 凶房直播

「喲，兄弟們，浪起來。給哥刷一圈666。有打賞的趕緊，咱們小紅帽探險隊已經順利潛入306病房了。」從門外進來的是兩男一女，都挺年輕，穿著也普通。不過三人腦袋上都戴著一頂聖誕老人的廉價尖頂帽子，顯得不倫不類。

中間那人手裡抓著自拍棒，眼睛直愣愣看著螢幕，嘴裡不停地喊兄弟們。另外兩人將背包取下來放在地上，樂呵呵地笑個不停。顯然如此順利地就進來了，是件值得高興的事。

我和文儀呆立在房間中央，用麻木呆滯的眼神看著他們三個。

三人那麼大六隻眼睛，居然沒注意到我們。自顧自的不知道在幹啥。

「兄弟們，這裡就是最近幾個月瘋傳的306凶間。據說這間病房裡，離奇死亡了五個以上的護士。每一個死的都淒慘無比，恐怖得很。」網路男主播一邊介紹，一邊移動自拍棒繞著房間轉了一圈，讓看直播的觀眾品鑑品鑑。

剛轉了半圈，鏡頭轉到了我們身上。男主播這才從螢幕中看到我和文儀的存在，嚇了一大跳：「哇，惡鬼這麼快就出現了。」

我還沒說啥，文儀已經暴怒了。哪怕武功再高強，仍舊是女孩子，被人說成惡鬼哪有不惱羞的。她幾步走上前就想要搶男主播的手機。

幼稚的男主播大叫：「妳妳妳，妳要幹什麼。我這在直播，我可不是一個人在戰鬥。手機螢幕前有幾千人正在看我，支持我。」

他斜著眼睛示意兩個同伴阻止文儀。

其中一個女輕年連忙走上前，小聲道：「美女姐姐，不要跟那傻瓜一般見識。他經常性腦殘。」

文儀撇撇嘴，冷哼了一聲。

男主播對著螢幕繼續表演：「我們小紅帽探險隊，鑽研探索春城的各種禁地鬼屋數年。還是第一次來如此凶厲的地方，一進來我就覺得冷。兄弟們禮物刷起來，如果我們三人回不去了，請記住我們的遺言。為夢為理想探索，死而無憾。」

主播螢幕上許多字幕在滑動，有刷禮物的，有吐槽的，一個觀眾高亮發了個紅色字幕：「主播，你們進來的時候，牆上的門不見了。真的沒問題嗎？是不是特效，你們小紅帽探險隊太厲害了。特效做得那麼逼真？」

「門？啥門？」男主播摳了摳腦殼，下意識地轉頭看了一眼。他背後白森森的牆壁封閉著整個世界，哪裡還有門的蹤影。

這傢伙的性格不光有些缺心眼，還有些後知後覺。男主播指了指牆，喊同伴：「二狗，我們從哪裡進來的？」

「從這兒啊，咦。」叫二狗的青年瞥了一眼進來的方向，也只看到了牆壁。難以置信地揉了揉眼睛，看到的還是牆壁。他轉著腦袋看向女同伴：「琴琴，我們是從哪裡進來的？」

叫琴琴的女孩站在文儀旁，聽到同伴的話後，指向曾經有門的位置。手抬起一半，就渾身發抖，腳一軟，險些跪倒在地：「咦，咦？咦！門，去哪裡了？」

鏡頭將三人的表情透過網路，全播放了出去，讓看直播的觀眾都樂了。一群人不嫌事情大的發紅色字幕：「三位主播的演技真好。」

剛剛進了306房的三個主播一點都樂呵不起來了。這門，一分鐘前還在他們身後，他們就是從門進來的。怎麼會突然便不見了。

這到底是怎麼回事？

「別看了，再看門也不會出現的。」我搖搖頭，決定掐斷他們心中的僥倖：「我和我身旁的女護士已經被困在306病房，足足三天了。」

主播的手機螢幕上，字幕在繼續：「那位小哥哥你好帥，我要向你表白。雖然我性別男。」

「他旁邊的護士小姐姐也不錯，嘖嘖。小紅帽，我也是老觀眾了。你們哪裡找來兩個極品，早貢獻出來，粉絲量現在也不會才這麼點啊。直播的世界，普遍看顏值。」

「牛的屁股，太逼了。這次小紅帽三人組可是下了重本。你們有沒有看到窗外，那些居民樓明晃晃的鏡子裡好像有什麼東西在動。老子刷飛機表揚你們。」

主播傻呆呆的，顯然沒搞清楚狀況，他看向我：「帥兄弟，別開玩笑了。你怎麼可能在裡邊待了三天呢？是不是你們用啥障眼法魔術什麼的，將門藏起來了？」

我皺了皺眉，覺得他的話裡有些蹊蹺：「為什麼我們不可能在這裡待三天？」

「當然不可能啊。我和二狗，琴琴三人，一個小時前就潛入醫院，想要偷偷溜進306病房。可是門被幾把鏈子鎖鎖著，心想沒戲了。就到醫院其他地方找直播題材。最後準備離開的時候，二狗不死心，叫我們再來看看。結果你看怎樣，306病房上的鎖居然被打開了。門也留了一條縫隙。我們三個這才能進來的。」

「前前後後，只有一個多小時而已。是兄弟你打開鎖的，對吧？你們頂多比我們早進來幾十分鐘。」

聽了男主播的話，我和文儀同時對視了一眼，心裡湧起一陣陣寒意。

「這病房裡的時間流速，和外界不同。似乎快了許多，幾乎到了七十二比一的程度。」我小聲地對酒窩女護士說。

女護士臉色很難看：「醫院裡鬧鬼也就夠了，怎麼可能時間也不對勁兒？」

「其實我早就有所懷疑了。畢竟妳母親和鄭姓護士只失蹤半天而已，就被發現死在了醫院。鄭護士如果從妳母親餓死開始吃她的屍體，再到她也餓死之間，應該足足經歷了一個月以上。這樣一想，除了病房內外的時間流速不同這一解釋以外，沒有任何可能性了。」我摸了摸下巴。對這個結論，自己並不意外。

「兄弟們，情況有點不對勁啊。」主播見我跟文儀說著悄悄話，於是帶著自己的兩個夥伴繞著 306 病房走了一圈。一邊走一邊還不斷直播。

他們始終沒有找到能夠出去的門，不過看著明亮的窗戶，倒也還算鎮定。似乎覺得走不了門，至少還能打破窗戶玻璃逃生。畢竟這裡只是三樓，下方又有樹木草坪的，直接跳下去也死不了人。

「兄弟們禮物刷起來，咱們三人可是沒打算活著出去了。賞錢越多越好。」沒有明白事情嚴重性的男主播，仍舊貪財地想多賺點錢。這傢伙的話也有語病，都沒打算活著離開了，他還拿禮物來幹嘛？換的錢準備道德高尚地當遺產留給親戚花啊？

他手機螢幕上，觀眾開始增多了。許多人呼朋喚友，顯然是剛剛鏡頭前面，門消失的情況太過詭異真實，吸引了眾人的眼球。

「小紅帽，你們真的不要命了？」

「趕緊逃出來啊，門都沒了。砸窗戶試試？」

「兄弟，都是表演懂不懂，表演！小紅帽探險隊真敢砸窗戶，我敢說護士就會跑進來要他們賠錢。」

「但是你們真沒看到？我覺得窗戶外射進來的陽光花花的，像是有什麼東西時不時地擋住了光線。喂，這不會也是特效吧？」

我瞅了一眼他的螢幕，連忙也掏出了手機準備打電話。可是一如三天前，手機信號是有的，可什麼電話卻怎麼都撥不出去，甚至短訊和網路留言都無法成功發送。這應該也是時間流速產生的問題，畢竟現有的電訊和網路體系，處於速度越快的移動物體上，訊號就越不流暢。

七十二比一小時的時間流速，讓任何訊號都跟不上。

呃，不對，為什麼那個主播的手機，還能直播，甚至可以和觀眾互動？

我臉部肌肉一抽，連忙跑上前，湊到男主播的手機鏡頭前，確保觀眾能看到我的臉：「大家好，我叫夜不語。請各位記住我的話，我叫夜不語。這不是演戲，也不是演習，再說一遍，這不是演戲也不是演習。我們現在位於衡小第三醫院綜合大樓三樓安寧中心的 306 病房，如果有誰來替我們打開房門，我將酬謝他五萬元。」

「如果你們來不了的話，請撥我等下說的電話號碼。那個人馬上就會付你五萬當做謝禮。這不是演戲，也不是演習。請……」

自己的話還沒說完，主播螢幕上的畫面已經開始抖動起來。鏡頭下的直播軟體出現大片大片的網路延遲和雪花片，彷彿連結隨時都會中斷。

主播急了，「喂，兄弟，你在胡說八道什麼。網路怎麼突然訊號不良了？你把我的手機怎麼了！」

他想將我推開，我不管不顧地探出腦袋，匆忙地用最大的音量說出了一組電話號碼。說時遲那時快，在自己將電話號碼最後一個數字說出時，男主播的手機一黑，直播畫面徹底卡在了剛剛的一刻。

小紅帽探險隊的 306 凶間直播，結束了！

這三位主播，只能與我和文儀在這狹小的詭異病房中艱難求生。如果他們能儘快看清現實的話！

「喂喂，大家還能看到我嗎？」看著雪花片似的直播軟體卡死，最後回報錯誤，彈回了手機主頁面。男主播哭喪了臉，抬頭恨了我一眼：「你剛才瞎嚷嚷什麼，口水吐到我手機上，害我手機都壞了。快賠我！信不信老子抽你。」

不再直播後，這傢伙的匪氣就出來了。

「你抽我試試。」我瞪著他，真以為我坐在輪椅上是個殘障人士就好欺負了？

男主播被我一瞪，立刻心虛了。他躲躲藏藏地跑到兩個同夥前，抱怨道：「琴琴，二狗，我要徵用你們的手機了。老子手機被那混蛋弄壞了，可直播不能停。停幾分鐘要少賺多少錢啊。你們是沒看見，最後直播間的人數都快破萬了，太輝煌了。」

琴琴的臉色有些不太好看：「紅帽哥，情況有點不太對。」

「啥情況不對，趕緊把手機拿出來。這一次咱們可搏對了，人數要過萬了知不知道。這都是多少錢啊！」

「紅帽哥，紅帽哥。我手機沒網路了，連不上。」琴琴皺著眉，將手機遞給男主播。一般在直播時，她和二狗的手機也會一同登錄直播軟體，在直播間裡當煽動觀眾的腦殘粉，不停刷些免費小禮物，讓別人跟著刷真金白銀。

在男主播的直播軟體跳出後，她手機上的軟體也一同跳了出來。網路似乎也卡死了，和外界聯繫不上。

同樣的情況，也出現在二狗身上。

男主播一直試了三人的手機許多次，最終認命似的想要一把將自己的手機摔在地上，但是最後一刻理智控制住了身體，沒有真的扔出去。這可是錢買的。

「沒辦法直播了，走吧。回家。」男主播嘆了口氣，看向我：「兄弟，我也不說啥了。把門弄出來吧，我們要離開了。」

「這門，我可沒辦法給你弄出來。」我苦笑。

「算了算了。是你逼我的，我們真砸窗戶了！」男主播示意自己的兩個跟班動手，他倒不是真的想要從窗戶跳下去，而是想藉著砸窗戶的聲音，讓外邊的護士聽到，走進來開門。

「窗戶砸爛了的話，都是你的錯。我們絕對不賠。」

「請便，你們真把窗戶打爛了，我賠。」我手一攤，做了個請的姿勢。

三人開始抄起床架上的鋼管砸窗戶。二狗力氣大，用力砸下去，鋼管以同樣的力道速度反彈回來，險些砸在男主播的腦袋上。

男主播頭頂只感覺一陣涼颼颼，他的帽子被打掉了，縮著脖子，嚇得臉煞白。如果再高一點，說不得這腦袋就被砸扁了。

「你他奶的二狗子，早晨明明吃了老子三碗麵，力氣哪去了。看準了再砸。」

「紅帽哥，這窗戶有些邪乎，砸不動啊。」

「滾你的砸不動，再多添些力氣。它最多就是品質好點嘛。」男主播加入了砸窗隊伍。三人氣喘吁吁地砸玻璃砸了接近五分鐘，硬是沒將那層薄薄的鋼化玻璃砸開。

這時，再後知後覺的人，也開始明白情況有些異常了。

「兄弟，來抽根菸。」男主播把手裡的鋼管一扔，拍拍手，抽出一盒煙，打開，遞給我。

「我不抽煙。」我拒絕了。

「那介不介意我來一根？」

「介意。」

男主播彷彿沒聽到似的，走到牆角邊，在碩大的禁菸標誌下，用顫抖的嘴唇叼住一根菸，點燃，深深吸了一口。

「他媽的，我操！」他一邊抽菸一邊罵髒話，狠狠地在牆壁上踢了幾腳。見我望過去，他連忙道：「兄弟，我冷靜了。我已經冷靜了。」

「自我介紹一下，我叫小紅帽，旁邊的渣男渣女叫二狗和琴琴。我們一起經營一個小紅帽探險隊的直播頻道，算不上有聲有色，但還是多少能賺一點錢。」自稱小紅帽的男主播吸了兩口菸後，將菸頭扔在地上，踩滅。

「我叫夜不語。那邊的護士姐姐叫文儀。」考慮到不知道要和這三人待多久，我勉強地也介紹起自己。

「你們倆……那個，真的在306待了三天了？」他壓低聲問。

「對。」我點頭。

「他媽的。他媽的。」他又開始踹牆壁，本來就不算乾淨的牆上，全是鞋印：「你們就沒想辦法逃出去過？」

「什麼辦法都想過了。沒用。」我的神色黯淡了下來，他的話觸到了痛點。

「窗戶砸不爛，門也沒了。」小紅帽環顧了房間幾眼，顫了一下，突然又驚喜起來：「老子一定要全部拍下來。邪乎的房間，不弄虛作假，真的是在鬧鬼呀。等出去後傳到直播網站，老子絕對會發財。」

說著這傢伙神經病一般掏出手機就拍起來。

琴琴撫摸額頭，神情難看：「紅帽哥，夜哥和文儀姐兩人三天都沒能逃出去，我們真的能逃掉嗎？」

「當然能。既然我們能進來，那就等別人來開門的時候，再出去不就行了嗎？」男主播倒是樂觀得很。

「誰會來開門？」二狗也愣了愣。

「你們傻了。剛剛直播要結束的時候，夜哥們不是對著手機喊出了我們被困地的地址嗎？他還懸賞了五萬塊。想來很快就有附近的直播觀眾趕過來開門了。無論是好奇，還是為了那五萬塊錢。」小紅帽不傻，雖然有些腦殘，但還是很快明白了剛剛我撕心裂肺喊叫的用意。

二狗立刻興奮起來：「對啊，我們有救了。」

琴琴沒那麼樂觀：「但是如果始終沒有人會來呢？他們假如只當是玩笑，聽完就算了呢？」

「不會的，不會的。你也知道我們的觀眾比例，一萬個人中，春城人就占了一千多個。一千多人裡邊總有幾個好奇心旺盛的。再不濟，夜哥們不是還提到了一個電話號碼讓他們打嗎？舉手之勞打個電話就能得到五萬塊，試一試也浪費不了多少時間。」

「假如有誰打了電話通知了夜哥們的朋友親戚，他們肯定會來開門的。等不了多久。」

「也對。」琴琴終於鬆了口氣。

在一旁聽他分析的我，冷笑了一聲：「你們想的太簡單了。雖然你說對了我的用意，但是有一點，你們完全猜錯了。就算真有人來開門救我們出去。」

「可是我們五人，該怎麼撐到救援者的到來？」

「什麼意思？」小紅帽三人組沒聽明白我話裡的意思。

我和文儀對視一眼，將自己的猜測說了出來。聽完我的解釋和對時間流速不同的猜測後，他們的臉頓時慘白地垮了下來。

如果一比七十二小時的時間流速屬實，那麼要等可能因為好奇和錢來救援的觀眾，至少需要八個小時以上。畢竟，看直播的都是年輕人居多，這個時候的年輕人大多在上課和上班。

雖然我和文儀在306已經待了三天。可是外界的時間才過了一個小時。也就是說，現在才早晨十點而已。上課的年輕人要趕來，需要下午下課後。上班族也是下午五點下班。加上坐車來衡小醫院的時間，最遲我們要熬到下午六點。

八個小時，如果時間流速比不變，就是二十四天。

再假如，觀眾怕麻煩撥打了我提供的電話，電話那端的人還遠在千里之外。以最快的速度坐飛機趕來，最理想的狀況，也需要六個小時。

六個小時，就是十八天。

看似不多，如果只是我和文儀的話可能還撐得下去。但是再加上三個人，文儀帶來的那一大包食物就根本不夠用了。

最重要的一點，我根本就沒有說出口，害怕徹底打擊所有人的生存意志。那就是所有的一切，都依據在時間流速不變的情況之下。但是屋外屋內的時間流，真的是不變的嗎？

我很擔心。

從文儀母親的死亡調查報告裡，我隱約察覺。或許在這個屋子裡待的越久，時間的流逝速度就越快。否則為什麼小半天的功夫，幾個小時罷了，就算是一比七十二小時的比率，鄭護士怎麼可能在短短十多天之內，將文儀母親的遺體吃得那麼乾淨？

屋子裡作用在先到者和後到者身上的時間流速同樣不同。

進入306三天後的我，哪怕是在小紅帽三人組進門後，電話依然不能用。但是他們的網路在幾分鐘之內還是正常的，就連直播都能順利進行。

這就如同我們和他們在兩輛不同的狂奔火車上，我們的速度哪怕在車停下後，依靠慣性也比他們快。可是他們跳到了我們所在的車輛，開始和我們一起加速，幾分鐘後，兩者的速度趨於一致。

不知這樣的比喻對不對，可這是我能解釋306房時間流速問題最貼切的想法了。

「不管有沒有人來救我們，先盤點還剩多少吃的吧。」文儀提了提自己帶來的登山包，鼓脹的登山包在這三天已經被我們吃掉了一小部分：「所有人都把帶來的食物，拿出來。」

第六章 病房求生

文儀帶了許多速食食品，本來她預計自己可以吃一個月，加我省著最少也能吃半個多月。

但是現在多了三個人。這小紅帽探險隊的兩男一女，除了琴琴帶了些餅乾零食外，其他兩人則塞了滿滿的行動電源以免手機沒電。

五個人吃一個人帶來的食物，大約只夠撐六天。省著吃加上靠餓以及多喝水，我盤算著大概應該能撐最多半個月。

如果時間流速不變，我的人過來救我，需要十八天。觀眾來救我們，需要二十四天。怎麼想，食物都不夠用。

「必須將食物分配好，每天定量食用。」我們盤點了食物數量後，自己示意文儀負責看管食物。她武功高強，誰都沒辦法從她手裡搶東西。哪怕是我，也做不到。

雖然能接受306病房的詭異了，不過小紅帽三人組並沒有真實感和危機感。他們用手機拍著影片，順著房間溜達了一圈。很快就來到了廁所，看到我和文儀三天來用電鑽開出的洞。

「臥槽，牛逼。你這洞是夜哥們你自己挖的？也太深了吧？」小紅帽驚嘆，他用手量了量：「挖了至少三公尺，怎麼都還沒有挖到隔壁啊。我記得306在安寧中心右側中間位置，這個方向是305。看起來挺近的，沒想到牆有那麼厚。」

「一般來說，306和305之間的牆最多有二十幾公分。不過這間病房不能以常理度之。很詭異。」我走上前幾步，既然來了免費的勞動力了，不用白不用：「我這裡有衝擊鑽。多了三個人，我們從今天開始排班，日夜不停挖洞。畢竟不能完全賭有人會來救我們，必須先想辦法自救。」

「嗯嗯，連衝擊鑽都準備好了。想的真周到。」小紅帽聽說要挖洞，立刻顧左右而言他，不吭聲了。

我在心裡冷笑。今天給他們一段時間緩衝期，明天食物減量，當他們看清現實後，肚子裡全靠水充饑時，由不得不賣苦力。

自己隨便小紅帽三人組走來走去，我和文儀則坐在用窗簾堆成的窩裡，閉目養神。三天時間說來不長，但也不短。在這孤寂無聊、無法和外界聯繫的地方，沉默也不失為堅持自己意識清醒的方式。

琴琴轉了一圈後，突然看到床頭的護士鈴，興奮起來：「有護士鈴，我們按下去後護士應該就會發現異常？最不濟也會派人來查看情況嘛。」

「沒用的，三天前我已經按過了。沒人會來。」我撇撇嘴，這個方法在我砸窗戶失敗後，就用上了：「畢竟306是醫院裡的禁忌，而且又上鎖閒置了接近兩個月。空病房突然亮起護士鈴的燈，換妳妳會跑去看？最糟糕的是，今天安寧中心人手不足，昨晚死了很多老爺子老太太，都跑去開會了。值班室的護士忙得頭大，絕對不會閒得派人來。」

一席話說的琴琴滿臉期盼的表情頓時凋謝了。

「那我們只能等了。哎。真不該來的。」

綽號叫二狗的男青年左瞅瞅右瞅瞅，看著廁所的蹲坑沉思了片刻，之後頭偏向我：「那個，夜不語先生。你有沒有想過，你們三天都在挖坑卻沒有結果，有可能是挖錯了方向？」

我來了興趣：「說說。」

「你看，朝305病房挖了都有三公尺深了，應該都挖到305的電視牆位置了。但你挖出來的地方卻還是牆，這就說明306病房不想讓我們逃出去，所以門被隱藏起來。玻璃有神秘力量保護，打不碎。就連牆壁，也可能無限往外延伸，永遠都挖不到盡頭。」

「不過廁所的蹲便器不同。夜哥，你和文儀小姐姐在房間裡待了三天，應該是在廁所中拉屎拉尿，而且屎尿都被沖走了。這就證明，廁所蹲坑和外界是有聯繫的，我們要挖，也要順著蹲坑往下挖。」

「說的很有道理。」我點點頭：「不過你有一點說錯了。」

二狗眨巴這樣，硬著脖子不滿道：「我哪裡錯了？」

「這個廁所的蹲坑，並沒有通往外界。」我嘆息：「不信你自己尿一泡試試。」

二狗不信邪，關上廁所門。沒多久便聽到沖水的聲音，他臉色難看地走了出來。小紅帽和琴琴立刻向他圍了上去：「什麼情況？」

「太邪乎了。我的尿和沖出來的水，確實進入了蹲坑的管道。但是我仔仔細細地觀察了一番，進入管道幾公分後，水和尿就憑空不見了。彷彿瀑布流下去的水，在半空中截斷，截斷的地方是空的，空無一物。」

二狗很難解釋和形容他眼睛看到的可怕現象。

306 病房中的一切都透著陰森森的神秘，讓任何人都沒辦法搞懂。

「休息一下吧，我們輪流繼續挖那個洞。」我靠著牆說：「總有一天能挖通的。」

小紅帽脾氣又不好起來：「夜哥們，你怎麼那麼執著挖那個破洞。這鬼地方是不會讓我逃出去的，還不如保留力氣，多活一段時間，等別人來替我們開門。」

「把命運把握在自己手裡，不要寄望任何人。沒有人比自己靠得住。畢竟，是否有人會來救我們，全都是未知數。」我搖搖腦袋。

什麼都不做的等死、等有可能來有可能不來的救援，其實沒有任何意義。生機，從來都是自己努力出來的，等不來。

不過這番大道理，小紅帽三人組顯然並不想聽。沒關係，我也沒有多囉嗦，再不聽話的人，餓三天也聽話了。

306病房一共只有二十幾平方公尺，除了拆毀沒有床墊的床，一公尺寬的空空衣櫃，挖出了大洞的廁所外，就沒什麼值得探索的了。小紅帽、二狗、琴琴三個很快就將整個房間翻了個底朝天，最後蹲在我和文儀的對角線邊緣，各自拿著手機滑著，妄圖和外界連上訊號。

太陽就在等待中，沉默地落了下去。

文儀按照我的指示，分了些食物給三人充飢。那三人吃了個半飽，又渴又餓，剛開始還覺得從水管裡直接喝自來水不乾淨不衛生。不過沒堅持多久，渴的受不了了，也管不得衛不衛生了，大口大口地喝個不停。

有人就有江湖，人多嘴雜矛盾也多。矛盾，在一夜之後的第二天早晨，率先爆發！

在與外界不同時間流速的306病房裡，窗外的風景也是不斷變化的。日升日落，颳風下雨，和平常沒有什麼兩樣。

天黑後我們不熄燈睡覺，躺在冰冷的地面上。小紅帽三人組昨天沒吃什麼東西，所以一大早就被餓醒了。

江湖人稱小紅帽的男主播用清水漱漱口，腆著臉去問自己小組裡的琴琴要吃的，琴琴無奈地取出自己的包包，晃蕩了幾下已經空了的食品包裝袋。

他們帶來的那幾小包零食，已經全沒了。

小紅帽只好湊到文儀附近：「文儀護士姐姐，妳菩薩心腸，多給點早餐。」

文儀橫了他一眼，很不情願地取出一小包壓縮餅乾，分了三根給他：「這是你們三人的早餐和午餐，鬼知道還要待多久，省著點吃。」

「就這麼點。」主播小紅帽咕噥著，吃人嘴短，不敢大聲說話。

他回到自己的小團體，將壓縮餅乾分了後，三兩下，就著自來水便把早午餐一股腦塞進了肚子裡。吃完後，還是餓得發慌。

於是他又厚著臉皮湊到文儀邊上：「護士大小姐，再多給一點。好餓啊。」

「沒了。本來我帶來的食物就沒有你們的，現在兩人吃一個半個月的變成了五個人，怎麼也要熬上十多天才行啊。餓了，多喝自來水，自來水多得很，喝著喝著就覺得頂餓了。」文儀拿起了登山包後，順手遞給我一些餅乾和一罐八寶粥。

我將八寶粥蓋子扯開，本來平時感覺有藥味的罐裝八寶粥彌漫出迷人的香氣。我在小紅帽瞪大的眼睛下，喝了一口。

小紅帽頓時就要炸毛了：「憑什麼你們能吃那麼多，又是餅乾又是八寶粥。給我們三個的就是一些沒營養味道不好的壓縮餅乾。一根還要吃一上午。」

「你還得理了。老娘憑什麼要養你們，這些食物都是我憑本事帶進來的。」文儀冷哼一聲，從我手裡拿過開好的八寶粥，美美喝了起來。

我抬頭，指著衛生間：「想多吃一點東西，去拿衝擊鑽，咱們輪流挖牆。」

「滾你的。老子飯都沒有吃飽，還讓我做事情。哪有那麼多力氣，越動越餓得慌。」小紅帽爆著粗口，訕訕地回到了他睡覺的角落，眼睛骨碌碌轉個不停，不知道在打什麼主意。

我在心裡冷笑。也不怕他們餓得受不了鋌而走險。自己身旁這看起來弱不禁風的酒窩護士美眉，可是打小就練功夫的能人。

顯然對於一個正常人而言，早晨和中午只吃一根壓縮餅乾是絕對不夠的。餓到快中午時，二狗和琴琴笑面相迎地走過來。

「文儀姐，能給我們點吃的嗎？一點點就好。」琴琴靦腆地搓著衣角。

文儀抬頭正想說話，在廁所裡一直用衝擊鑽挖牆壁的我走了過來：「要吃的可以，用勞動力換。」

我指了指放在地上的衝擊鑽。

二狗倒是個實在人，一聲不吭地拿了衝擊鑽，問清楚打牆的方向後就幹了起來。琴琴雖然力氣小，但也用衝擊鑽「突突突」的挖了半個小時。

文儀按我的吩咐，用勞動時間和挖洞深度作為評判標準，分別給了他們不同分量的食物。主播小紅帽是個硬氣的傢伙，活活餓到了下午都沒有吭聲。對於他的小算盤，我也沒打算理會。

四個人輪流換班，挖牆的速度果然快了很多。一天時間就往牆壁內掘進了一公尺左右。但是鑽頭損耗的厲害。

文儀看著牆上深度達到四公尺的洞，有些不解：「小夜，你到底在挖什麼？都四公尺了，我覺得如果要挖到隔壁，早就應該挖到了。但是這面牆的石膏板還是在不斷地往外延伸，彷彿永遠都挖不通。是不是我們應該放棄了，想別的辦法？或者減少體力消耗，撐幾十天等人來救援？」

「挖吧，我有我的打算。」我隨手摸了摸文儀的腦袋：「放心，我絕對能把咱們救出去。」

文儀看我的表情有些古怪，但是聽我這麼講後，也沒再說什麼。她默認了我的話。

困在306病房的第四天，太陽爬下了窗戶外圍牆的盡頭，帶著最後一絲餘暉消失不見。忙碌著挖洞到接近凌晨，我才和文儀兩人隔著裝有食物的登山包，一左一右疲倦地睡著了。

午夜過後，凌晨四點，正是幾乎所有人進入深度睡眠很難清醒過來的時候。對角線對面的小紅帽三人組，同時睜開了眼睛。

主播小紅帽從背包裡掏出早已經準備好的東西，藏在了衣服下。

琴琴猶豫道：「真的要這麼做嗎？那個叫夜不語的姑且不論，但是文儀姐姐人真的挺好。不要傷害她。」

「不會傷害他們的。畢竟我們也要出去，萬一傷了人，出去後坐牢可沒搞頭了。」小紅帽壓低聲音；「再這樣下去我們不被餓死也會被累死，把食物搶過來，分給他們最低的量。咱們應該能撐二十多天，直到網友或者那個夜不語的親人來救我們出去。二狗，你怎麼說？」

二狗悶聲悶氣地道：「那個夜不語整天讓我們挖洞，明眼人都知道306有古怪。挖洞恐怕是挖不出去的。他到底想要幹什麼？我看他人挺聰明，說不定有別的打算，或者求救方式？紅帽哥，要不要再等幾天看看？」

「觀望什麼的和現在偷食物不抵觸，老子餓死了，怎麼樣都要先大吃一頓。」小紅帽抽出藏在衣服下的東西，居然是一把明晃晃的匕首。長十五公分，開了刃，屋頂的燈光一照，明晃晃地反射著鋒利的寒光。

他將手一翻，匕首翻到了袖口下方：「走，祭五臟廟。把夜不語和護士制伏了，老子一天給他們半根壓縮餅乾，他們愛挖洞繼續挖。」

有些猶豫的琴琴和二狗看隊伍裡的主心骨都已經偷偷行動了，也只好跟過去。

三人默默地靠近我和文儀中間的登山包。小紅帽緊緊握著手裡的匕首，拽得手心裡全是汗。

近了，很近了。幾乎算是近在咫尺了。他一把抓住了登山包的帶子，就在這時，我和文儀同時睜開了眼睛。

眼神裡絲毫沒有被吵醒的睡意惺忪，兩雙眼睛，看得他心裡直發毛。

「老子拚了，哥們姐兒，我們三個一起上。」小紅帽主播乾脆心一橫，亮出手裡的匕首，朝我撲過來。他覺得雖然我腿腳不便坐在輪椅上，但畢竟是個男性。他拿著匕首一個人應該能夠將我搞定。

剩下的文儀讓二狗與琴琴處理，十拿九穩。

不得不說他的算盤打得響，在普通情況下按照常理分析，一丁點都沒有錯。不過順序有問題。我確實不算個威脅。

但是真正的威脅，就守在食物旁，冷冷地笑著。

帶著寒光的匕首在小紅帽主播手裡揮舞著，他確實沒有傷害我的心，所以揮舞的軌跡都避開了要害位置。我看著那把不斷靠近的匕首，還悠閒地扣了扣腦袋，不知道該反抗，還是不該反抗。

原以為他們至少要餓好幾天才會造反，沒想到這才過了一天而已。現在人的心理承受能力不光差，黑化的速度也挺快。

撲向文儀的二狗和琴琴兩人還沒反應過來怎麼回事，已經被文儀一人一腳給絆倒在地。琴琴文文弱弱的，一倒地就乾脆賴著不起來了。二狗有些懵，他有些一根筋，習慣被小紅帽使喚，慣性下爬起來，繼續想制伏文儀。

文儀撇撇嘴，一個手刀起落，二狗頓時眼睛翻白眼地倒下了。

「喂，你兩個朋友都玩完了。」我一邊躲，一邊指了指倒地的兩人。

小紅帽也是個實在人，他臉色發白，悶不吭聲，一不做二不休地想要先制伏我。他的內心其實是崩潰的，本打算兩個同伴制伏一個弱女子，哪知道弱女子眨眼功夫就將同伴抽倒了。最後能翻盤的機會，就只能先挾持我。

他已經看明白了，知道我和文儀這一隊，我應該才是主心骨。逮住我，哪怕文儀身手再高強，也不怕她不就範。

所以小紅帽抄著不知道哪裡來的勇氣，也不再擔心會不會傷到我要害了。匕首揮舞起來竟然有種破釜沉舟的氣勢，燈光下，匕首的寒光淩厲。我甚至有些躲不及。措手不及下，匕首割開了我的衣袖，帶著一縷殘布，飄飛在封閉的空氣中。

文儀的眼中劃過一絲惱怒，她不再藏拙，纖細小巧的手掌一翻，一把黝黑細小的暴雨梨花鏢就被她扔了出來。

如同梨花瓣的流線型鏢體帶著強大的動能，猛地刺中了小紅帽抓著匕首的手心。主播尖叫著，再也拿不穩匕首。他死死抓著右手一邊跳一邊叫，哭號得像個娘們。

血和匕首一同掉在地上。一滴一滴的鮮血隨著小紅帽的跳動越流越多。剛剛還倒在地上的琴琴連忙跑過去查看同伴的情況，一看之下倒吸一口涼氣。

文儀扔出的奇怪武器竟然擊穿了男主播整個手掌，飛鏢獨特的形狀卡在了骨頭上。

「文儀姐，我們沒有傷害你們的心，就是太餓了，想要吃點食物。妳便把紅帽哥的手掌打穿，太狠了吧。」琴琴氣憤地看向文儀，但是文儀現在沒什麼好臉色，琴琴一接觸到她冰冷的視線，頓時打了個冷顫。畏畏縮縮地又低下了頭。

我也看到了文儀的表情，自己有點丈二金剛摸不到腦袋，這小妮子又在氣什麼了？下手那麼重，女人心海底針，實在是搞不懂。

「文儀，替他止一下血。」我吩咐道。

文儀不情不願地走過去，隨著她的靠近，男主播似乎看到了鬼一般，連滾帶爬地想要拉開與她的距離。這傢伙長這麼大順風順水的，白白嫩嫩的臉就能看出一直以來生活水準都不錯，從小帥氣的他被眾人抬舉著，從小都是焦點。哪裡受到過傷害，更不要說手掌都被打出孔了。

「不要動。」酒窩女護士沒好氣的一腳將男主播踢翻，那粗暴的動作，嚇得小紅帽和一旁剛想要扶他的琴琴完全不敢動了。

將暴雨梨花鏢硬扯出來，男主播又是一陣鬼哭狼號。

文儀找來隨身的消毒水和繃帶將傷口綁好，在小紅帽恐懼畏縮的注視下回到了我身旁。這時候二狗才緩緩清醒過來，他摸著被手刀攻擊過，至今都還痛得很的脖子，無辜地看向呼天搶地的哥們。

「紅帽哥，你怎麼了？怎麼手被綁成了木乃伊？」他沒搞清楚狀況。

琴琴嘴剛動了動，想要解釋。文儀已經被男主播吵煩了，怒喝道：「別叫了。」號叫的正歡暢的男主播立刻將左手拳頭塞進嘴裡，忍著不叫出聲，只用鼻孔呻吟。二狗眼睛都直了，他的紅帽哥從小跟他就是好哥們，自己還是第一次看他這麼聽話。

被收拾了一頓的小紅帽三人組聽話很多，吩咐什麼做什麼。我讓文儀每天稍微多分給他們一些食物，監視他們用衝擊鑽打牆壁。

增加了三個可以壓榨的勞動力後，挖洞的速度基本以每天一點五公尺的進度在前進。深邃的牆壁被越挖越深，形成了深達十幾公尺，寬可以容許一個人鑽進去還綽綽有餘的空間。

十五天過後，食物吃的差不多了。牆也向前挖了三十幾公尺，可至今都沒有打通。這詭異的306病房似乎永遠都無法逃脫似的，散發著冷冽的死亡氣息。

被困，二十天後，依然沒有人來救我們。那扇不知道被邪惡病房隱藏到哪裡去的門，自始至終，都沒有被打開。

食物，終於吃的一乾二淨，一丁點都沒有剩下。被壓抑了二十天左右的小紅帽三人組，即將再次到達爆發的邊緣。就連空氣裡，都彌漫著火藥的味道。

不過時機，也差不多，到了！

看著深邃的，深達四十五公尺以上的隧道。我默默盤算著，一咬牙，決定在挖到五十公尺時，執行自己的計畫。

第七章 混亂的時空

十八天，是我估計的，看小紅帽探險隊直播的讀者，如果撥了我最後說出的電話號碼後，離我最近的朋友趕來救我的時間。

但是十八天過後，306 病房的門並沒有打開。

十九天過後，沒有人來救我們。

二十天過後，文儀本來準備了自己夠吃一個月的食物，在五人分食下全部消耗殆盡。其實最後十天我們早已是饑一頓飽一頓，又要消耗體力挖洞。幸好自來水是無限取用的。

第二十一天的中午，大家都沒了力氣，餓得受不了了。除了輪到小紅帽主播繼續用剩餘寥寥幾根的衝擊鑽轉頭打洞以外，所有人都有氣無力地癱在地上，靜悄悄地看著門曾經存在的位置。

希翼會有人來打開房門，將我們救出去。但這渺茫的希望隨著時間的流逝以及饑餓的蔓延，越來越消散。最終化為屋裡盤桓不去的死氣，彌漫得散不開。

在倒數第三根衝擊鑽頭不堪重負斷裂後，小紅帽「砰」的一聲將電鑽扔在了地上，憤怒道：「老子不幹了！」

我吃力地撐起腦袋，瞪了他一眼：「你還沒有挖夠時間。」

「老子說不幹就是不幹，怎麼著，你這個殘廢還想指示你的姘頭打我？實話告訴你，老子不怕你們了。總之也沒有人會來救我們，要死我也不要當個累死鬼。」

文儀看著我：「要我上去抽他嗎？」

「不用。咱們這次講道理。」我決定給大家一點激勵，否則隊伍就真的要散了！

小紅帽一屁股坐在地上：「夜不語，你小子說最多十八天就有人會來救我們。人呢，死哪兒去了。現在都等二十一天了。」

「對，我是說過。但前提是有人打了那通電話。」我沉默了幾秒：「當然還有另一個可能。時間的流速在不斷加快，最後遠遠不止七十二比一。所以我估計六個小時後就有我的朋友來救我，可是，外界的時間，還不到六小時。」

我的話讓所有人都臉色一白，頓時更加絕望了。

「這也是我讓你們挖洞的原因。如果無法依靠別人來救援，我們就必須要有另一個方案，謀求自救。」我緩緩道。

「挖洞挖洞，你只知道讓我們挖洞。這樣做有意義嗎？就算挖到我們死掉，也不可能將牆挖穿，挖到隔壁去。夜不語，你不會連這一點都不知道吧？」小紅帽惡狠狠地看我。

「我當然知道。這面牆，恐怕在無限延伸。要知道時間和空間從來都是在一個維度，時間流速變快，空間就會被扭曲。我們看起來挖了四十幾公尺深，說不定在現實中也就只有十幾公分罷了。這也是為什麼上一個被困在306病房中的鄭姓護士，在挖到離隔壁只剩下幾公分的時候，活生生餓死了。」

「其實如果空間和時間的扭曲不停止，她，永遠也挖不到隔壁305的。」

「既然你知道，還讓我們浪費力氣加速我們的死亡。」琴琴聽到這兒，也忍不住開口了：「夜不語，你到底是什麼居心？」

「我剛剛就說過了，我有別的計畫。只要挖到五十公尺深，我便能想辦法打亂時間和空間的扭曲程度。就很有機會逃出這個鬼地方。」我聳了聳肩膀，臉上洋溢著自信。

大家顯然都不怎麼相信。

「我知道你們不信我。但是你們有別的選擇嗎？離五十公尺只剩下最後三公尺了，以大家的饑餓程度和剩餘脂肪含量，你們以為自己還能撐多久？」

「最多再過三天，你，就會在沒有消耗完全部脂肪的情況下率先餓死。」我用手指了指二狗：「因為你的體質比較特殊，一旦脂肪降低到一定程度，就會引發心臟紊亂，到時候沒有人會救你。因為大家都在盼著最好的可能性，等你死，吃掉你的肉繼續等待救援。」

「而妳，是第二個死的。」我指著琴琴：「吃完二狗的肉，沒人會等妳自己死。一定會有人殺掉妳，吃新鮮的。」

「第三個，死的就是你了。」我又指著小紅帽主播：「最後留我和文儀相愛相殺，有可能誰把誰吃掉，也有可能最終等到救援一起逃出去。你看，事情就是這麼殘酷。總之你們三人打又打不過我們，注定會先後死掉，還不如聽我的話，搏一搏。」

「繼續挖完最後三公尺，將牆挖到五十公尺。試試看我能不能把你們救出去！」

我的話講進了大家的心底。小紅帽探險隊三人想了想後，二狗顫顫巍巍地站起身，一聲不哼地拖著虛弱的身體走到廁所，拿起電鑽開始挖牆。

自己的身體自己知道。二狗感覺我的眼睛毒辣，看得也準。他十分明白，如果得不到救援，最先死掉被吃掉的，絕對是他。

沒有別的選擇了，只能賭我真的有辦法。

目標深度五十公尺，電鑽在虛弱的五人之間二十四小時不停，但由於我們實在是太餓，所以挖掘的進度緩慢。

不過也在兩天後，終於挖了出來。

目標達成的一瞬間，所有人都有一股虛脫感。四橫八縱地倒了一地。我看著牆上深邃的洞，心裡不停地計算。好久後，才眼睛一亮，臉上流出一絲欣喜。

計算結果很樂觀，或許真的能試一試，打破僵局，逃出生天。

勝敗，就看自己的假設對不對了！

文儀強自撐起身體，走到我身旁，輕聲問：「小夜，你真的有把握？」

「當然有。」我瞇著眼睛：「還記得前些日子，我識破了妳的身份，妳拔腿就逃，可是怎麼樣也逃不出 VIP 樓層嗎？」

「當然記得。你當時到底耍了什麼詭計？」文儀至今仍覺得不可思議。但是她聰明，從來不多問。

「靠的就是這東西。」我從衣服口袋裡掏出了一個小巧的魔方。

「魔方？」文儀沒搞明白：「你拿魔方出來幹嘛？」

「這不是普通的魔方，我幫它取了個名字叫無限回廊。它擁有一股神秘的力量，能夠扭曲空間。將單一的空間變成無限圈。」我淡淡道：「例如我們現在所處的 306 病房，應該也是因為隱藏在醫院中的某種超自然力量在作祟。」

直腸子的酒窩美女護士表示聽不太懂。

我說：「沒聽懂沒關係，你先把所有人都叫過來。到時候就算成功了，恐怕維持的時間也很短。對了，還有把我這幾天利用廢鋼管做的臨時拐杖拿來。」

手裡的魔方在燈光下看起來平淡無奇，只有我知道，它強大的力量。這個無限回廊是自己數年前，曾經搭乘過一架迷失在長江上的客輪，從其中一個叫做廣宇的乘客口裡偶然聽來的。

他說自己朋友的家突然變成了吞噬人類的修羅場，其中一個房間自從廣宇和他的朋友走進去後，時間和空間就凝固住了。無論是從窗戶還是從門，哪怕是將牆壁砸開，離開後的他們都會再次回到那個房間。

他們每離開一次，房間裡的一切、甚至包括已經吃完的食物都會重置成他們剛剛進去時的模樣。

沒有人，能逃離。

於是前些日子，我特意帶著黎諾依去了一趟，只在已經燒毀的那棟房子的原址中，費勁千辛萬苦，經歷了種種不可思議的狀況後，找到了這個完好沒有一絲燒焦痕跡的魔方。果然問題都出在這個魔方上，經過好一段時間的嘗試，我才基本掌握使用方法。

無限回廊和306凶間，都帶有空間屬性。如果在306中展開無限回廊的超自然力量，兩種同屬性的東西碰撞，會發生什麼事情？

一切猛烈的能量在碰撞的時候，強大的都會吞噬弱小的。不過這之間爆發出來的摩擦會非常可怕，這也是我之所以沒有一開始就貿然展開無限回廊的原因。極有可能在306房中一打開無限回廊的領域，就會「轟隆」一聲，連房間帶我們五個，全都變成了渣，甚至連渣都剩不下。

所以我才會不斷的挖洞，朝隔壁305挖，雖然到死都挖不到目的地。不過從鄭姓女護士花了幾十天時間，將牆挖到離305只剩下幾公分來看，牆壁確實是能被挖開的。我們越是往裡邊挖，越能遠離306神秘力量的中心點，甚至如果時間足夠，也許真的能打破306的空間限制，打通305的廁所牆，逃出去。

但問題就是時間不夠。畢竟我猜不到裡外時間的差距現在到底已經增加到了什麼比例。時間流速越快，空間扭曲越凶。如果要我花掉幾十年，幾百年甚至幾千年的時光來挖牆，我們沒那麼多食物，也沒那麼長的壽命。

五十公尺，是我經過複雜的計算後，算出來的一個離開306凶間的超自然力量中心點足夠遠，又能在我們活著的時候挖出來的最小值。在裡邊展開無限回廊，等於是在一股力量的邊緣引爆另一股力量，不會造成正面碰撞，但又足夠產生擾亂甚至破開306空間扭曲的能量。

說起來很繞口，其實具象化一點，就是他奶奶的將完整的雞蛋用針尖戳一個洞，封閉在雞蛋裡的我們五人就能順著小洞爬出去了。

「真的能逃出去嗎，夜不語先生？」小紅帽主播有氣無力地問：「我恐怕撐不了一天了。」

文儀將所有人都叫了過來，廁所門早就拆了，但是門廊還在。五個人擠在小小的廁所裡顯得很擁擠。

每個人都很虛弱，由於缺少食物，包括我在內全部瘦得驚人。如果再沒辦法逃出去，大概要不了兩天，我們就要自相殘殺人吃人了。人的意志沒有自己想像的那麼強大，有時候為了活命，吃人只不過是捅破一層玻璃紙般簡單。

「能。當然能。」我攤手：「借你的無人機用一用。」

小紅帽探險隊裝備齊全，為了直播是下了重本的。還特意配備了新款的折疊無人機，想來是靠直播賺了不少錢。

無人機的電早就充滿了，我將魔方握在手中，默默地用自己摸索出的方式讓魔方在五分鐘後開啟無限回廊的功能。之後將魔方牢牢綁在無人機上。

我表面上雲淡風輕，其實手心緊張地不斷流汗。將手柄和手機連接，使用 wifi 圖傳功能連上無人機後，手機螢幕上出現了無人機鏡頭的影像。

這裡是室內，沒有 GPS，而且無人機需要通過五十公尺長，不足一公尺寬的圓形深洞，只能關閉智慧避障功能，純靠手動操縱。

輕輕一推操控桿，無人機發出刺耳的螺旋槳聲，輕巧穩當地飛了起來。我操縱著它飛入廁所牆上黑壓壓的洞，打開了無人機的手電筒功能。深入洞中一公尺左右的黑暗空間，立刻出現了圓形的隧道模樣。

自己噝了一口唾沫，悶不做聲，讓無人機不斷地帶著魔方往裡邊飛。

小紅帽眼中露出一絲不滿，他很絕望，他的朋友也很絕望。因為他們完全不知道我在幹什麼：「夜不語，你把我的無人機綁著一個小魔方，這樣就能讓我們逃出去了？開什麼玩笑，這有用的話，老子當場就把無人機吃下去。」

文儀瞪了他一眼：「閉嘴！」

男主播雖然惱怒，卻真的不敢再出聲。他的手被文儀刺穿，二十幾天來險些感染惡化，好不容易才撐過來。他對文儀的畏懼，幾乎已經刻在了靈魂裡。

無人機越飛越遠，我操縱得很小心仔細，生怕無人機撞到隧道的洞壁，如果它壞掉了。只能靠人將魔方送過去。但是鬼知道無限回廊的能量在展開的一瞬間，會發生什麼可怕的事情。

送魔方過去的傢伙，只能當炮灰。把活人當炮灰去送死，以我的道德良知，還做不出來。

無人機以每小時十幾公里的速度挪動，螺旋槳發出的嗡嗡聲越來越小。這款無人機的圖傳系統很不錯，至今的畫面都還很清晰。

我緊緊盯著手機，無人機飛了四分鐘後，手機螢幕上出現了一面牆壁，盡頭到了。

我讓無人機落下，默默地在心裡數秒。

時間一點一滴的過去，大家雖然不明白我奇怪的舉動，但是我臉色凝重倒是能看出來。大家呼吸都沉重起來，他們隱約知道，能不能活下來，恐怕就要看接下來的下一刻了。

十秒，五秒，三秒。

兩秒！

一秒！

我看著手機螢幕，死死地看著。就在我設定無限回廊展開的瞬間，無人機的圖傳畫面猛地消失了，手機螢幕上最終殘留著信號失蹤前一秒，隧道最深處牆壁破裂的慘狀。

「快趴下！」我大喊一聲。

所有人都用力趴在地上，不敢抬頭。

轟隆隆的聲音從隧道深處傳來，很快就如同崩裂的奔雷，又像是無數陰魂在鬼哭狼號。大量的灰塵從牆上的洞中湧出，好一會兒，才平靜下來。

我們五人全都灰頭土臉，離得最近的二狗甚至半個身體都被埋入了石膏灰中。

「咳咳——喉嚨好難受，要死了。」男主播不斷地咳嗽，他很搞不清狀況：「發生了什麼事？我的無人機爆炸了，不對啊，無人機爆炸也不可能有這麼大的動靜。」

他詫異地看向我：「夜不語，你到底做了什麼？」

我沒理他，緊張地朝洞穴深處望去。裡邊仍舊黑壓壓的，看不到盡頭。五十公尺的深度哪怕是直線，也很難看清內部的情況。該死，難道要找一個人爬進去瞅瞅？萬一裡邊有危險怎麼辦？

如果無限回廊真的有效，引起了空間凌亂。我無法揣測洞穴裡是不是還仍舊保持穩定。

該死，這個洞，真的能通向最後一絲逃出去的機會嗎？我瞪大了眼，心臟狂跳不停。

文儀也抬起了頭，她突然皺了皺眉頭，將右手手指放在小巧的嘴唇裡沾了些唾液，放在了洞口。本來還有些擔心的她，猛然間露出了甜甜的笑。

「小夜，有風！」她開心到大大的眼睛都亮了起來。

話已出口，所有人都激動了。爬到隧道前不停地往裡邊打量，用臉感受著裡邊的動靜。

有風，確實是有風在往這邊吹。

有風，代表著，隧道，通了！

封閉的 306 病房，終於如同鼓脹的氣球，破開了口子，露出了一線生機來。

「太好了，能逃了，能逃出去了。老子一爬出去就要大吃大喝，撐死都可以。」小紅帽主播舔了舔嘴唇，當即就要爬進牆上的隧道。可他終究沒有第一個爬進去，想了想後，他喊道：「二狗，你體力好，爬第一個。」

二狗憨是憨，但不傻。明眼人都知道第一個進隧道有可能凶多吉少。他悶悶地沒有開腔。

「二狗。」小紅帽急了，從小到大二狗就是自己的跟班，從來沒有違逆過他的話。這是友誼的小船要翻的前奏嗎？

「不去，我餓得沒力氣。」二狗強硬地搖頭。

「你們是不是傻了啊，磨嘰個什麼。」我看了兩人一眼，鄙視道：「小紅帽，你還有一個折疊小無人機，拿出來。飛進去探探情況。」

小紅帽一拍腦袋：「對啊，我把這東西給忘了。」

他不好意思地掏出折疊起來只有手掌大小的無人機。這款無人機沒有手柄，只能用手機控制，最遠距離為一百公尺。考慮到隧道中的干擾，應該沒問題。

我俐落地將無人機和手機配對，第二臺無人機起飛，懸停了一會兒後，又被我「嗡嗡」的飛入了隧道中。

這臺無人機沒有手電筒，我綁了一個小手電筒上去。折疊無人機實在是太小了，多承載了一個小手電筒的重量，頓時有些搖搖晃晃。看起來顫顫巍巍地飛入洞中，逐漸朝前深入。

小手電筒射出來的一束白光，並不足以讓我看清楚周圍的環境。推測應該飛了四五十公尺了，突然，螢幕中的畫面凝固成一團，全是信號不穩定時的白點。一秒後，手機徹底和無人機失去了連結。

畫面停留在了那深邃隧道的一角。

圍著手機瞪大眼睛緊張看著的我們五人頓時面面相覷。

「這個情況，我們是該進去，還是不該進去？」琴琴聲音發抖。

「二狗，這款無人機是你的。你要不要去撿回來？」小紅帽問。

我有時候真的懷疑這傢伙和二狗真的是朋友嗎？哪有一再叫朋友先去送死的？用的藉口都那麼幼稚，二狗和他從小長大，真難為他了。

二狗只是看著我手裡的手機發呆，沉默了片刻後，猛然指著大片大片的馬賽克邊緣的一個角落，大聲道：「你們看，這裡有光。」

他的話讓大家都沸騰起來。

果然，手機螢幕殘留的最後畫面上，有一個細小的白色圓形。形狀不像是綁在上邊的手電筒留下的，更像從外界射入的淡淡光線。

「確實是光。」我興奮道：「而且跟無人機斷了連結，應該也不是出了問題。而是超出了信號範圍，畢竟在隧道中訊號一般比空曠的地方短得多。我們挖的洞，已經沒危險了。」

有光，就證明隧道能通往外界。

這一次確確實實能夠摸到逃出去的可能，怎麼叫人不欣喜若狂。

「可是，誰第一個爬？」男主播開心了一陣子，問出了十分具體的問題來。

「我來吧。」文儀當仁不讓。

「不行，妳最後一個進去。」我搖頭。雖然有了逃生的希望，但對小紅帽探險隊三人，我不太放心。琴琴和二狗還好說，但是男主播太滑頭了，甚至有一些腹黑。誰知道他會幹什麼么蛾子。有文儀在最後邊壓陣，至少能保證不會出亂子。

微微思索了一下，我決定道：「我第一個。二狗第二個，琴琴第三個。小紅帽第四。文儀緊跟在他後邊。」

文儀不幹了，「不行，你是沒把你的安全當一回事吧。小夜，只要我還是你的專職護士一天，你就別想冒險。」

得，這冒牌護士的職業榮譽感還挺強的。

「那妳說怎麼辦？」我一攤手。

文儀的視線如刀般在眾人的臉上劃過，每一個接觸到她眼神的人，除了我外都有些心裡發虛的或低下腦袋、或轉移開視線。

大家都不想當第一個。

「你第一個，快進去。」最終，文儀那雙漂亮的眼睛落在了小紅帽臉上。

小紅帽當時就急了：「憑什麼是我！」

他還想囉嗦，文儀已經不耐煩了：「由不得你。」

她手一翻，一朵小巧漂亮的暴雨梨花鏢就落在了手心裡。說實話我時常好奇，這美女穿的也不臃腫，她到底將那麼多鏢藏哪裡了？

「老子待會兒逃出去了，一定要跟醫院投訴妳。跟妳說，我在春城關係很好，老子要搞得妳身敗名裂，沒有任何醫院敢要妳。」小紅帽眼神一縮，顯然是怕了。他手上被刺穿的傷口一看到飛鏢就隱隱發痛。

這傢伙一邊嘴硬罵罵咧咧，一邊被文儀逼著爬進了隧道中。

等他爬了好長一段後，這才示意二狗和琴琴接著往裡邊爬。我在第四的位置，右腿上打著石膏的我爬得很慢很吃力，還好膝蓋能動，只要小心就不會傷到石膏裡的傷口。

文儀將登山包和臨時拐杖扔進隧道後，也爬了進來。

五十公尺的距離，說遠不遠說近不近。正常人跑步最多十幾秒就到了。可是用爬的，再加上心有恐懼，害怕未知的隧道盡頭到底會發生什麼可怕的事情，所以所有人都在拖慢速度，磨磨唧唧。

男主播很怕死，他一直渾身發抖，嘴裡不停咒罵著。

足足用了半個小時，五十公尺的隧道，終於到了盡頭。光，果然有光。

爬在第一個，最先看到眼前暗淡光明的男主播欣喜若狂，他的咒罵終於也停止了。

他開始四肢用力加快速度。很快，他就進入了光團中。他的腦袋探出了洞穴外，朝四周掃了幾眼後。

男主播，呆住了！

這他媽的，是什麼鬼地方？

第八章 寂靜凶地

黑乎乎的天空，陰風陣陣。凜冽的寒風不斷地從四面八方湧過來，讓人完全搞不懂風口在哪裡。

「讓一讓。紅帽哥，走快點。」見男主播卡在洞口前，急於出去的琴琴連忙道。

男主播這才不情不願地繼續往前爬。身前的人一個接一個爬了出去，每個人都很困惑。最後我也爬出了隧道，在觀察了周圍的環境後，腦子頓時有些亂了。

這是什麼地方？不像在衡小第三醫院附近啊！

自己似乎位於一個比較矮的山坡頂端，遠遠望去，群山磊磊。現在是晚上不知道幾點，一輪血紅色的月暗淡地照亮天空。血色月光吃力地將光芒鋪灑在地上，僅僅只能讓我看清四周模糊的輪廓。

我腦子有些亂，下意識地向後看了幾眼。洞穴的出口位於一個低矮的山崖上。那個洞穴看起來像天然形成，絲毫看不出是人為挖掘出來的。

但是我們五人可是從衡小第三醫院安寧中心的三樓中間位置挖的洞啊。醫院去哪裡了？我們是早晨十點左右進入的 306 凶間。如果現在已經是深夜的話，早就應該有人來救我們了。

果然時間和空間，還是有蹊蹺。自己當初展開無限回廊時，恐怕不只發生了爆炸，還讓出口的空間位移了。

我連忙掏出手機，準備用軟體定位。可是GPS沒有搜索到衛星。自己有種罵娘的衝動，現代的手機集成人類的高科技技術，但一到我手裡，就經常性失靈。我他媽的果然也不是什麼正常人。

和我有同樣想法的人不少，除了文儀這個從小就野在深山，還用著功能機的怪人以外。琴琴、二狗，和小紅帽都紛紛掏出自己的手機定位。

我最先發現手機沒信號，於是也沒再管它。隨後將手機插進褲子口袋裡，拿起兩根臨時拐杖夾在腋下，眼睛搜索周圍。

很快我就看到了掉落在洞穴前不遠處的小折疊無人機，以及載著無限回廊魔方的大無人機殘骸。

冷冷月光下，魔方完好無損。我欣喜若狂地上前將它收起。小無人機也沒損傷，純粹是失去信號後自動懸停在空中，等到快要沒電時才由飛控的操縱落到地面。

「臥槽，沒信號。電話都打不通。」男主播罵道。山坡頂看不到任何路，藉著朦朧的月色只能稍微看到起伏山巒的輪廓，完全找不到哪個山巒上離開開群山的道路。

情況，有些糟糕。

我沒吭聲，向小紅帽要來小無人機的電池後，再次將它和手機連結，操控無人機飛向天空。沒有GPS，小型無人機只能飛一百多公尺高，附帶的鏡頭也不算好。但是這並不重要，晚上雖然視線不良，但卻有一個好處。

只要有光線，哪怕離得很遠也能從圖傳上看出來。大晚上有亮光的位置，不是村莊就是城市，只要朝那個方向走肯定沒錯。

手掌大小的無人機迎著山頂的大風，顫抖地飛著，好幾次險象環生險些被亂竄的陰風吹到山溝裡去。幸好運氣不錯，畫面一直在升高。

越飛越高，手機螢幕裡圖傳來的畫面就越晃動得厲害。月光下的群山疊疊，綿延向未知的盡頭。這些在圖傳裡，要用盡所有的注意力才能從黑乎乎的一團中辨別出來。

東邊沒有光，只有黑暗。南邊沒有，北邊也沒有。

我開始緊張了。難道空間破碎的時候，真把我們轉移到了荒郊野外的原始蠻荒之地？甚至是未開發的無人區？

小無人機飛到了最高點，再往上飛，就沒辦法用手機控制了。我緩緩地控制它朝西方轉圈，心臟怦怦跳個不停。

就在無人機的鏡頭轉向西邊一側時，我的眼睛猛地一亮，心跳更劇烈了。有光，雖然只有很小一團，但是西方一個山坳中，確實是有星星點點的光芒。離這兒大約有兩個山頭的距離。至於具體有多遠，很難推測。

我抬頭，用三角測距法簡單地尋找到兩個點，用視線判斷了一下。直線距離最多兩公里。

一直關注著我的手機螢幕的男主播同樣也看到了那團黑乎乎的山坳中發出來的微弱光芒，興奮地尖叫：「有村子！」

那麼點光，絕不可能是城市。哪怕是村子，也是個小村落，甚至稱得上閉塞。畢竟光團太小太暗淡了！

我順利地讓無人機飛回來後，召集大家開會。

風很涼，周圍無遮無擋，我們穿得又少。每個人都裹著自己的單薄外套，抱著身軀瑟瑟發抖。大家擠在一團後，我率先開口：「我找到了村子，大約就在西邊兩公里的位置。」

自己用手指了指西方的某一處。

「現在有兩個方案。第一，在這裡生火，熬到天亮。畢竟天太黑了，也沒路。翻山越嶺只靠這一點月光根本不夠。」

「第二，我不太推薦。那就是趁著夜色趕往村子，說不定能找到人家戶吃些熱飯菜，美美睡一覺。第二天一早就趕車離開，各回各家各找各媽。」

「你們選哪一個？」

「他奶奶的，肯定是選第二個。」男主播早就受夠了，他睏他冷他餓，他從來沒有瘦成這副鬼模樣。現在一頭牛擺在他面前，他都可以連皮帶骨生吃完。一聽到只要走兩公里就能吃好睡好，他眼睛賊亮。

不用說，他的小隊也站在他一邊，投了選項二的贊成票。

文儀說聽我的。我嘆了口氣：「其實我是傾向選項一的，走夜路太危險了。好不容易才逃出來，沒必要冒險。」

琴琴悶聲悶氣說：「夜不語先生，就算我們想要在這裡休息一晚上，也沒條件啊。這個坡頂太冷了，植被也少，不一定找得夠生火的材料。更具體的是，我們所有人都沒有那麼多力氣了。餓了二十多天，我的胸都從B變A了。再撐一晚上，我撐不住。」

二狗言簡意賅：「這裡沒遮風避雨的東西，我們不可能再回隧道裡去吧？」

一想到要回到和306病房有連接的隧道，所有人都打了個冷顫。

「好吧，少數服從多數。我們現在就出發。」我自然也不可能和文儀獨自留下，於是準備和大家一起離開。

朝著小無人機拍攝下來的方位，我們拖著沉重蹣跚虛弱的腳步，緩緩朝西方走去。

每一步都異常艱難。

翻山越嶺的兩公里，在沒有路的情況下，榨幹了每個人的體力。前路曲曲折折，彷彿沒有盡頭。走了大約半個小時後，琴琴腳一軟，倒在了地上。

她休克了！

我連忙蹲下身去檢查琴琴的情況。鼻息還有微弱的氣，遊絲般，眼看就要斷掉了。長期的饑餓讓她的心臟承受不住了，再不吃點東西，她隨時都會死掉。

「琴琴還好嗎？」二狗問我。

「暫時還死不了，但也撐不了多久了。」我臉色陰晴不定：「不能再往前走，先在附近找點吃的，大家都吃點補充體力。」

用帶來的登山包當做墊子，將昏迷的琴琴放在上邊隔離地面的寒氣，又拔了些乾枯的野草樹枝生一堆火驅趕動物取暖。我們四人這才開始在周圍找一切可以食用的資源。

山裡不缺草，不遠處甚至還有一片小樹林。丘陵地帶的樹不高，適合小動物躲藏生活。我穿著病人服，以前藏在衣服口袋裡的手槍在送進醫院後就不知去向。還好魔方看起來很普通，被當做行李一直留在了我身邊。

自己和文儀一組，我腿腳不便，所以搜索得很慢。用手機當作手電筒在地上搜集了一些野菜，甚至還找到了幾隻應該可以食用的蚱蜢，聊勝於無。

文儀「噗哧」一聲笑起來，笑得很虛弱：「剛剛還在306凶間尋找逃生的辦法，現在就有點野外生存的感覺了。世界變化的令人措手不及啊。」

我看著她手裡捧著的一大把野菜，搖搖頭：「妳也知道野外生存的紀錄片？」

「拜託，我只是從小在深山裡練功，又不是真的與世隔絕。我也有上學，也有朋友好不好。好看的電影、紀錄片啥的，朋友們也會介紹給我。」文儀白了我一眼。

我縮了縮脖子，尷尬地笑了兩聲。找了半個小時後，我們倆回到了火堆旁。男主播早就回來了，他什麼都沒有找到，兩手空空地坐在火堆邊上舒服的烤手。

他斜著眼看向文儀懷裡的素食，有點洩氣：「這些草能吃嗎？就沒點肉？」

「肉哪有那麼好弄，野生動物賊精得很，生存能力極強，徒手可逮不到。」我沒好氣道：「你找到了什麼？」

「你不是明知故問嗎？」小紅帽一攤手：「哎，只好看二狗能不能帶點驚喜回來了。他打小運氣就不錯，說不定能逮些小動物。」

說這話的時候，他略有些心虛。二狗嘴笨，就是體力好。但是體力再好餓了二十幾天，就算一隻兔子撞到腿上，也沒力氣逮。

我在火上做了個簡易的架子，用鐵質的保溫杯打了點水，放了些野菜進去煮。這些菜沒什麼卡路里，但是喝點熱食總是好的。

沒等多久，二狗回來了。他也是兩手空空，但是臉上止不住的喜氣。

「二狗，你什麼都沒找到，還好意思回來。」兄弟小紅帽諷刺道。

二狗被他諷刺慣了，也沒在意，甕聲甕氣地說：「我看到那邊樹林有一隻兔子，不怕人，看到我也沒離開。就在那直愣愣地盯著我看。」

「你怎麼沒打死牠帶回來？」一聽有兔子，小紅帽來精神了。

「牠有點怪，眼睛紅紅的。看得我心裡發涼。」二狗猶豫道：「再說我一個人可逮不住，萬一靠近讓牠跑了呢？」

這傢伙明顯是在害怕，不是怕兔子跑了，而是怕兔子本身。他到底看到了什麼，為什麼連一隻兔子都怕？兔子有什麼好怕的！

「帶我去，老子有兔子肉可以吃了。」男主播迫不及待地站起身，拽著二狗就要他帶路。

我和文儀對視一眼，都覺得二狗的畏懼很古怪：「大家一起去。」

一行四人跟著二狗朝北側的一片小樹林走過去，走到了樹林的邊緣。我們都看到了二狗嘴裡的那隻兔子。

一看，所有人都倒吸了一口涼氣。

這兔子，是真的有些怪。不，與其說牠怪，還不如說牠詭異得很。

那隻肥肥的兔子站在一棵歪脖樹下方，確實站著不動。就算我們幾個用手機的 LED 燈照牠，牠也沒有害怕地逃跑。

就那樣安安靜靜地站著，兩隻小眼睛紅彤彤的。被燈光一照，要多邪門有多邪門。被紅眼注視的我，甚至忍不住打了個冷顫。

兔子的目光，看得我心裡發毛。一隻兔子而已，牠的眼神怎麼就那麼邪，死氣沉沉的。我竟然產生了一種被死人看的錯覺。

但是牠肥碩的肉體，在我們眼中又是那麼的誘人。終於男主播忍不住了：「媽的，管牠對不對勁，一隻兔子罷了。先吃了再說。」

說著就朝兔子撲過去，完全沒有計劃，也不想兔子會不會逃。

我暗喊糟糕，立刻讓文儀和二狗一左一右地堵住兔子逃生的三個反方向。兔子見我們逼近，竟然依舊沒有逃的意思。反而兇悍地跳起，咧開兩顆鋒利的門牙，朝男主播咬過去。

男主播頓時嚇壞了，他吃過的兔肉不少，還直播過屠宰場殺兔子。可從沒見過兔子還沒被逼急就咬人。

這他媽的到底還是不是兔子啊。

就在兔子要咬到小紅帽的那瞬間，文儀動了。

她哪怕同樣很餓很虛弱，但是數十年的鍛鍊可不是吃素的。這位有著漂亮酒窩的女孩一個竄身，飛起一腳踢在了兔子身上。壯碩的兔子被踢得往後退了好幾公尺。

文儀皺了皺眉：「這兔子不對勁兒，我的腿力我知道，就算現在沒平時的力道，可也不可能只把牠堪堪踢開而已。」

紅眼兔子雙目中的邪異紅色受到攻擊後，顯得更紅了，血紅欲滴，恐怖得很。牠穩住身體後，再一次衝上前。這次牠放棄了攻擊男主播，而是朝文儀撲去。

文儀冷哼一聲，施展暴雨梨花掌遊鬥。兔子的氣勢很足，攻擊也很兇悍。但牠似乎沒什麼智慧，只有本能的撕咬撲殺。幾個來回就落敗了，被文儀打倒在地。

撲騰了幾下，兔子又站了起來。前前後後數分鐘，像是個永動機似的，無論被女護士拳打腳踢多少次，始終能保持著一開始的凶厲。

剩下的人也覺得不太對了。明眼人都能看出，文儀的掌法精妙，就算是活人都能被她深深震死。如果是普通兔子，恐怕早就血肉模糊變成爛泥了。

這隻兔子，依然生龍活虎。換一隊普通人遇到牠，說不得撐不了多久就會團滅。

「用鏢，射牠的腦袋試試。」我連忙吩咐道。

文儀後退幾步，纖細的手掌一翻，數枚暴雨梨花鏢頓時脫手而出。以極快的速度射向兔子。兔子完全沒有躲避的意思，目光死死地盯著女護士。直到好幾根流線型的鏢深深刺入腦袋，破壞了牠的大腦。

兔子應聲而倒，全程沒有發出一絲聲音。斷氣的時候，甚至連四肢應該有的神經反應，例如蹬腿等動作也完全沒有。一如文儀，打中的只是一隻提線木偶。

我們四人深吸一口涼氣，後背發麻。就連眼前的樹林也彷彿邪氣森森、陰霾恐怖了。林子裡一隻小兔子都如此難搞，一旦遇到什麼大的動物，大家不被弄死才怪。

我目光不偏不倚的一直在觀察兔子，越看越覺得有問題。沒人敢靠近，小紅帽吩咐二狗去將兔子屍體拿過來，二狗使勁兒搖頭。

他湊到二狗耳朵邊上說了幾句悄悄話，二狗這才猶猶豫豫地往前走。走到兔子跟前，小心翼翼地用腳踢了踢兔子的屍體，見牠沒動，也沒突然跳起來攻擊自己，這才放了心，拽著兔子的耳朵將牠給提起來。

毛茸茸的兔子屍體在他手裡，顯得很普通。但是我分明感覺文儀在破壞了牠的大腦後，有什麼東西從牠的屍體裡逃走了。

「琴琴有吃的了，琴琴吃了東西就有救了。」二狗開心地說。我撇撇嘴，和這傢伙待了二十多天，鬼才看不出他對琴琴有意思。想來剛剛男主播就是用這個來說動二狗去提兔子的。

「走吧，早點離開這鬼地方。」都說藝高人膽大，但現在一隻兔子就讓文儀有些退縮了。以前師傅跟她吹噓，說練好了暴雨梨花掌法和暗器，就能打贏百分之九十九的人類。搞半天她險些輸給一隻兔子。真沒搞頭！

眾人回到火堆前，檢查了琴琴無礙後，文儀餵她吃了一些野菜湯墊肚子。她的呼吸終於順暢了許多。

可是在吃不吃那隻詭異兔子的問題時，我和小紅帽等人有了分歧，甚至差點吵起架來。剛剛自己也摸過兔子，雖然沒有腐敗的跡象，但是肉質硬邦邦的，說明已經嚴重屍僵了。會屍僵的如此厲害，兔子至少死了二十個小時以上。

現有的環境溫度下，二十多個小時本應該讓兔子開始腐壞。不過牠體內似乎有什麼物質，在阻止腐敗菌的入侵。

「這隻兔子不能吃。」我斬釘截鐵地說：「最好挖一個洞把牠埋了。」

自己大概說了我的判斷。男主播不以為然：「半個小時前那隻兔子還狂奔亂跳咧，你現在跟我說牠死了至少二十多個小時以上了。夜不語，你在開什麼狗屁玩笑，當我們都是傻的嗎？該不會是哄我們把兔子埋了，自己趁我們離開後，挖出來烤了獨享吧！」

這人心裡真陰暗。

「你要這麼想，我也沒辦法。」我撥開兔子的脖子位置：「但是該說的我還是要先說，這隻兔子不但行為怪，連屍體也很怪。你提提牠的體重，比實際上看起來輕得多。

而且牠的喉嚨處有兩個針刺的小孔似的傷口，我猜牠大部分的血液，已經被什麼人用工具吸了出來。」

自己嚴重懷疑，附近可能有什麼科學實驗基地啥的，在做某種見不得人，會遭受國際組織公約嚴厲懲罰的實驗。這隻兔子就是逃出來的試驗品之一。

做過實驗的動物可不能吃，誰知道牠體內有什麼。

「既然你害怕，那你就不要吃，總之我餓死了，吃定這隻兔子了。」小紅帽哼唧唧地走到兔子跟前，從褲包裡掏出小刀，使勁兒地割兔子的皮。一刀劃下去，鋒利的刀尖不光刺破了皮，還將肉割掉了不少。

兔子沒有流一滴血。小紅帽的臉皮抽了抽，開始有些不安了。但是手上的動作完全沒有停止，他在餐館裡看廚師宰兔子挺簡單的。一刀斃命，再一刀割開皮毛，手一劃拉，整張兔子皮就脫落了。

輪到他時，費了老大功夫，把兔子的外皮挖得坑坑窪窪，好不容易才將皮剝下來。

我和文儀喝著加了點速食麵裡的調味包的野菜湯，終於來了些精神，力氣也稍微恢復了些許。許多天沒有吃過熱食，腸胃久違的蠕動，發出舒服的呻吟。

我瞇著眼睛看小紅帽主播用刀將兔子的肚子割開，取內臟。但自始至終，兔子流的血都很少。果然，這隻兔子身體裡的血液，大部分早被抽掉了。

屍體的味道很臭，不像兔子的氣味。

男主播用一根濕樹枝將去掉腦袋的兔子架在火上烤，烤了大約十多分鐘後，大家同時都捂住了鼻子。

烤熟的兔子屍體上，沒有烤肉香氣，反而散發出更驚人的惡臭味。不是腐臭，那種臭從來沒有聞過，難以形容。比臭雞蛋的氣味濃烈多了。

「停，別烤了，臭不可聞。」一向顯得淡然的文儀連忙將烤兔從火上扔開，扔得遠遠的：「這玩意兒，絕對不是能吃的東西。」

二狗從希望到絕望，緊張地看著呼吸沉重的琴琴，顯得有些不知所措。

「我去那邊砍一點樹枝，做個簡易擔架。」既然沒有能讓琴琴恢復的食物，他只能做擔架揹著琴琴去西邊的山村了。幸好，村子離這裡應該沒剩多遠。

我和文儀捏著鼻子遠離火堆，火旁的惡臭味讓我們反胃，險些將剛吃進去一點的野菜湯都給吐出來。

所有人都不在火堆旁，也沒有人注意到男主播鬼鬼祟祟地似乎在做什麼。他將發臭的兔子拖遠，又回到了琴琴周圍，背對著我們。

自己和文儀一邊吃著剩下的野菜湯，一邊思忖著到了村子，回到衡小第三醫院後該幹什麼。我有些沒頭緒，自己的腳好些後，其實早就應該離開了。可是堅持留在那見鬼的醫院中，其實還是希望能見到神秘的朋友M的蹤跡。

事情變成了這樣，我還該不該繼續等下去，找她留下的線索，妄圖推斷出她的真實身份呢？衡小第三醫院的渾水，我還該不該蹚？

那家醫院，發生了如此多的靈異恐怖事件，背後到底隱藏著什麼原因？還有路癡女道士游雨靈，她甩掉我跑進醫院綜合大樓後就失蹤了。這傢伙到底又去了哪兒？

很多謎至今無法解開，我腦子很亂。直到一道淒厲的聲音劃破了夜空的寂靜。

「紅帽哥，你他媽幹了什麼，你他媽到底在幹什麼？」淒厲的罵聲，居然是從悶悶男二狗嘴裡喊出來的！

男主播臉色發白，顯然也沒想到自己的小跟班居然會如此兇惡地吼他。他顫手顫腳，下意識地後退了兩步，拍拍手，藉著拍手的時機，暗暗將手裡一坨黑乎乎的東西扔掉。

「我沒幹什麼。」他訕訕地說著。

「我明明看到你在餵琴琴吃東西。」二狗一聲比一聲尖：「你餵她吃了什麼？」

文儀三步兩步走上前，將男主播扔掉的那坨黑色物質撿回來，不用看不用聞，就明白了那是什麼。頓時，她的臉唰的一聲，就變白了，眼睛也憤怒起來。

女護士抬手一連幾個巴掌扇在小紅帽臉上，打得男主播頭昏眼花。

他，竟然將那臭不可聞，明顯有問題的兔肉，割一小塊，餵給了還在熟睡的琴琴。

這傢伙內心邪惡到完全沒了底線！

「我就是想知道，這兔子肉能不能吃。」男主播摸著被打紅腫的臉，大氣都不敢出幾下：「如果琴琴吃了沒問題的話，我也能吃。餓，餓死了。我可是為你們好，惡人惡事情都被我做了，你們乾淨得很。說不得總得自救嘛。」

「如果她出了事，我殺了你。」二狗咬牙切齒地說。他不在乎被小紅帽欺負差遣使喚，從小到大他就沒跟男主播紅過臉。可這一次他居然做出了這檔子惡事，琴琴如果有個三長兩短，他也不想活了。

「能出什麼事，頂多就是拉肚子嘛。」男主播滿不在乎。他完全沒有意識到事情的嚴重性。

不過吃了些兔肉的琴琴，精神似乎真的好多了。沒過多久後，睫毛顫抖了兩下，居然睜開眼睛醒了過來。

頓時，所有人的目光，都緊張地落在了她身上！

第九章 變異

琴琴眨巴了幾下眼睛，直愣愣地看著太空發了下呆。表情似乎並沒有什麼異常。

「琴琴，妳有沒有哪裡不舒服？」二狗擔心地問。

「我昏過去了？」這個長相普通的女孩半撐起身體，伸展了一下手臂，精神還不錯：「昏了多久？」

「好幾個小時了。」男主播蹲下身，暗暗打量她，大笑了幾聲：「你看，我就說那隻兔子雖然有點臭，但肯定能吃嘛。幸好我謹慎地做了實驗，呸。他奶奶的，一個個熊樣，又打我又罵我的。如果我不餵琴琴吃東西，她說不定已經餓死了，哪會那麼快醒過來。」

他不解氣地踢了二狗幾下。

二狗沒吭聲，我和文儀同樣也沒吭聲。剛剛小紅帽做的事情相當不厚道，但結果最終沒有趨於惡化，就暫時讓他小人得志一會兒吧。

琴琴從地上爬起來，精神越發的不錯，甚至臉色隱隱發紅，像是吃了什麼大補的東西，完全看不出來餓了二十幾天。走起路來也不虛弱搖晃了。

小紅帽又將那隻兔子撿回來，饑餓的他切下好大一塊，準備塞進嘴裡吃。但是烤過的兔子屍體臭味越發的驚人，他實在下不了口。臭味，本來就會引起身體的不適和反感甚至戒備，聞久了，他甚至乾嘔了幾下。

「他媽的！不吃了！去村子吃。」男主播氣惱地將兔子肉扔到一旁，沾著肉末的手也臭得厲害，他隨意在屁股上擦了擦：「既然琴琴已經好了，咱們趕緊上路。真是餓死了，晦氣得很，老子都混到去當網路主播了，賺點錢容易嗎我。」

他罵罵咧咧地揹上了自己的包，吃了點野菜湯的我和文儀等人也稍微恢復了點力氣。將火堆熄滅後，準備離開繼續朝西方的小山村趕去。

手機上的時間在我們跨出隧道，迷失在群山中後就做不得數了。沒有網路信號、沒有GPS定位。手機時鐘功能只能依靠遞增的速度再以自己的時間來推算。明明現在是大晚上，但我們所有人的手錶和手機，都顯示現在才下午兩點左右。

「走吧。」杵著拐杖，我走在隊伍的中間，文儀始終小心翼翼地陪在我身旁。這美女其實挺有意思的，扮演護士上癮了，哪怕被我識破了護士的假身分後，依然如同在醫院中那樣，以當我的護士為己任。

她話不多，行動不拖泥帶水，人不愛抱怨，是個行動派。和我過往遇到的女孩都不同。

我的視線一直在注意吃了兔子死肉的琴琴身上。她走在第一的位置，步伐很快，如果不是為了等我們，或許速度還能更快一些。那輕快的腳步，哪裡還有忍饑挨餓，剛剛才餓暈過去的跡象。

小紅帽很懊悔：「肯定是吃了那兔子肉的緣故，早知道那些兔肉能增加體力，老子哪怕臭也會多吃一點。我認識她很久了，琴琴一直體弱多病，而且還經常過敏。哪裡有像現在這麼健康。」

「夜不語先生，琴琴有點不對。」二狗悶悶的，臉色陰晴不定。他本能地覺得不遠處的琴琴，跟他認識的有些不太一樣了。如此短的時間內，就給了他這種感覺。表示問題很大。那意味著，琴琴展現出來的表現和行為，太突出了。

「你為什麼這麼覺得？」我皺眉。自己跟她不熟，自然看不出來她有什麼變化。

「說不上來，總之性格變了。」二狗搖頭，說不出個所以然來：「她以前走路姿勢，也沒這麼招搖。你看，她每一步都像是在擁抱大自然，手展得好開。」

琴琴走路蹦蹦跳跳的很活潑，和以前悶騷的性格確實形成了反差。但也極有可能是這二十多天過得太苦了，好不容易有精神了，情不自禁的自我放鬆。

我們緩慢地往山村走，山路難行，當再次前進了一個多小時後。琴琴突然抱著腦袋蹲了下去！

她身旁的二狗連忙將她扶住：「琴琴，妳怎麼了？哪裡不舒服？」

「頭皮好癢啊，其實我從剛才開始全身都有些癢。但腦袋最癢得厲害。」女孩指了指自己的腦袋，然後伸手撓了幾下。

文儀好歹也當過幾天假護士，有一定的醫學知識，她走上前檢查了一番，沒查出毛病：「妳忍不忍得住？就快到前邊的村子了，到時候我們找家醫院檢查。」

「忍得住。」琴琴點點頭，又撓了幾下頭皮後，站起身和大家一起繼續前進。

隊伍在深山摸黑前進，每個人都打開手機的手電筒照亮。行動電源有很多，暫時不需要考慮沒電的問題。

不過起伏的山巒坑坑窪窪，纏腳的雜草一叢又一叢，我們走的不但慢，還很艱難。琴琴從一開始的隊伍最前方，走到了最後邊。二狗一直慢吞吞地走在她身旁。每走一步，琴琴都會抓一下腦袋。她紮的馬尾辮被指甲抓開，髮絲凌亂，活像個染了跳蚤的瘋婆子。

在照顧我的同時，也一併抽空關注著的文儀見她撓頭撓得越發頻繁，終於忍不住停下腳步跑上去看情況。

一看，她倒吸一口氣。只見琴琴的指縫間全是髮絲，一大團亂七八糟的長髮糾纏在一起，顯然是剛剛從頭上扯下來。琴琴的腦袋右側面上的黑髮已經被扯光了，只剩下空空的頭皮。

本來應該白色的頭皮上，密密麻麻長了許多黑糊糊，大小不一的疙瘩，那些疙瘩活像一個個蛤蟆卵，看得人頭皮直發麻。

離得不遠的男主播也看到了，乾嘔了幾聲，險些沒吐出來。

我瞇了瞇眼：「這些疙瘩，很像某種帶狀皰疹。」

「如果是皰疹的話，總有感染源，但她是在什麼地方感染的？」文儀疑惑道。

我搖了搖頭，表示不清楚。

小紅帽使勁兒往後推，遠離自己的女同伴，「這種皰疹會不會傳染？」

「有可能會，也有可能不會。要看皰疹是病毒引起的，還是自身的免疫系統引起的。」我撇撇嘴，扯了扯文儀，小聲道：「妳覺得她頭上的皰疹，會不會和吃了那些兔肉有關？」

「十之八九是。」文儀輕聲說，她的表情有些複雜：「如果再不去醫院，我怕琴琴撐不了多久。不過半個小時而已，皰疹居然擴散那麼快。」

「那就快點。」我用腋窩夾了夾拐杖，因為是用鋼管臨時做的，所以並不舒服。自己的腋下被壓得很痛，但也只能咬牙堅持了。自己心裡有一股很不好的預感。彷彿這天，這山，那隻見鬼的兔子，都有問題。

琴琴的身體，明顯在產生變化。不用想都知道，這種變化絕不是良性的。希望她能撐到找到醫院。

但是不久之後，我就感覺自己剛剛的想法實在是太天真了。琴琴根本不可能撐到醫院，她連二十分鐘都沒有撐過去。隨著二狗一聲驚恐的尖叫，我們的目光立刻轉向了他，以及他身旁的女孩身上。

一直摳著頭皮的女孩突然站在原地不動了，她渾身不停地發抖。抖得很有節奏，這是神經以及肌肉在抽動的表現。一個人只有要死掉時，才會發出最後幾下類似的抽抖。

但是琴琴卻一直抖個不停，她還站著，還沒有死。可是當我們三人的手機燈光全照射在她身上時，每個人都驚訝的不敢相信自己的雙眼，驚恐不已。

帶狀皰疹蔓延到了琴琴的全身，她裸露在衣服外的皮膚上，每一寸都爬滿了黑糊糊，蛤蟆卵般的疙瘩，異常噁心。更可怕的是，由於癢得難受，女孩的指甲竟然將頭皮活活摳穿了，黑硬的長指甲甚至還刺破了頭蓋骨，露出了正在蠕動的白森森大腦。

男主播看到這情況，也女人似的尖叫起來。

琴琴偏著腦袋，似乎絲毫沒注意到自己的異常。她用天真的眼睛看著我們，嘴裡不停地說：「好癢，我全身都癢得厲害。紅帽哥，二狗，救救我。求求你們救救我，我快癢死了。」

「我怎麼救妳，你要我怎麼救妳。」二狗眼圈發紅，想要將他和琴琴之間本就不長的距離再縮短一點。

「不要過去！」我拚命移動拐杖走過去，一把拽住了他：「你仔細看她。」變了！琴琴真的變了！她臉上的帶狀皰疹開始流出濃黃的膿水，黑黑的眼珠子逐漸蒙上了一層猩黃。破碎的膿包下方，血管根根鼓脹起來，撐起了薄薄的皮膚。

那皮下的血管裡，流的盡是黑血。琴琴，絕對已經不是人類了。她數十秒鐘前的那聲求救變成了女孩最終的遺言。

女孩發出了人類絕對發不出來的低吼，猛地撲向了靠得最近的我和二狗。速度快得驚人！

早就戒備的文儀一腳踹過去，將琴琴踢飛了幾公尺遠。腳踢到肉的聲音硬邦邦的，刺耳得很。

文儀臉扭曲了一下，單腳抱著腿原地跳，苦著臉：「好硬，痛。」

「臥槽，琴琴變得好可怕。」小紅帽不斷的後退，絲毫沒有夥伴落難的感傷，反而興奮無比：「臥槽，臥槽，太勁爆了。老子要把這一段發在網上，一定會發財。」

他取出一臺夜拍能力不錯的小型運動攝像機，滿臉狂喜地拍個不停。各個角度都不放過。

「琴琴，妳怎麼了？」二狗一邊喊一遍痛苦的流淚，其實他心裡已經很明白，這位自己暗戀了很久的女孩，恐怕是沒救了。

文儀那一腳的力道極大，卻只是將琴琴踢退並沒有踢倒她。不知體內產生了何種異變的女孩發出野獸般的低吼，眸子越發的猩黃。月光下她的瞳孔散出邪異光芒，她感覺不到痛苦了，手腳也繃得筆直，無法彎曲。

這是血液變冷，體內的微生物開始造反，逐漸屍僵的跡象。原本那個琴琴，確實已經死了。

但是死人，怎麼會活過來？難道是那些兔子肉的原因？

那兔子到底怎回事？為什麼人類僅僅只吃了那麼一小塊就發生如此大的變化？我百思不得其解。

不知為何我突然想到了一件事，在我們進入306病房那天的前一晚，住在305病房的嚴老頭被醫院中的黑影入侵後死掉，他的屍體同樣也發生了異變。黑影驅使他的屍身攻擊我們，直到被我和文儀僥倖制伏。

這兩者之間，會不會有某種關聯？

我在想事情時，變異的琴琴也沒有閒著。她再次抬起僵直的雙手，一蹦一跳地襲來。琴琴變成了活屍後，還保有一種本能，和305病房的嚴老頭一樣，會反擊曾經攻擊她的人。

文儀實在太虛弱了，她的暴雨梨花掌遊鬥起來的姿勢沒有從前那股靈動，每每一掌打出去，僅僅只能將琴琴擊退一小點距離。而且隨著琴琴死亡的時間越久，兔子肉中的毒素深入她的屍體越深，她屍體越僵硬，力量也跟著越大。

「快走，我撐不了多久。」再一次擊退琴琴後，文儀慘叫一聲。她渾身都在打擺子，這是長期饑餓後濫用力氣造成的後遺症。

我掏出魔方，想要啟動無限回廊的功能，將變異的琴琴引誘到某個地方困住。可是嘗試了好一會兒，魔方都無法啟動。看來是打破306病房的封閉空間時，那一場爆炸讓它哪裡損壞。

「要走一起走。」我叫道。

「這都什麼時候了，還給我耍帥。老娘快撐不住了。」文儀罵道，她趁著琴琴再一次被擊退的瞬間，後退拉開了距離。手掌翻飛，十多枚梨花鏢頓時射了出去。

梨花鏢在空中飛行了一段時間，劈劈啪啪地打在了琴琴屍身上，鋒利的刃口竟然只刺入了幾公分。

「射她的大腦。」我吼著。琴琴自己摳破的頭皮裡還露著蒼白的腦花，充血的大腦皮層將外部褶皺都掩蓋了，鼓成了球。有一部分甚至溢出了腦殼外。以文儀的技術，刺中它應該不難。

「我試試。」

文儀被我一提醒，手裡射出的飛鏢立刻換了方向。大部分都是吸引目標朝琴琴的眼睛刺去，極少的幾根飛向她裸露的大腦。

琴琴本能地用筆直抬起的手打掉了刺向眼珠子的飛鏢，刺向腦袋的在幾隻鏢掩護下，瞬間來到了她的頭皮前。

所有人都屏住呼吸，心跳得飛快。

飛鏢險之又險地刺在了異變屍體的大腦上，入木三分，小巧的鏢體幾乎要沒入腦髓。

「太好了！」我興奮道。

琴琴終於停止了動作，僵硬地站在原地。每個人都長舒一口氣，輕鬆了。變成怪物的女孩一動不動，文儀試探性地再用一隻飛鏢射她，琴琴仍然沒有動彈。石像似的，在殷紅的月光下停滯。

二狗哭紅了眼，在地上找了一根樹枝原地挖起坑來。

他的兄弟小紅帽還在一旁不停攝影：「你在幹什麼？」

「琴琴平時最膽小了，這裡又冷又孤獨，她肯定會怕的。我又沒辦法帶走她，只能挖一個坑把她暫時埋了，入土為安，她就不會那麼害怕了。」二狗一邊哭一邊挖，這片山巒的土很硬，單憑一根破樹枝，挖得很辛苦。

文儀坐在地上不停地喘粗氣，她累壞了。我靠上前，從懷裡偷偷掏出一根威化餅乾，在陰影中遞給她：「把它吃了。」

酒窩女護士白了我一眼，壓低聲音：「什麼時候藏起來的？」

「十幾天前，藏著備用。」我說。

「你吃。你是病人。」女孩搖頭，深吸幾口氣。

「妳多增加些體力比較重要。你是重點攻擊輸出，誰知道這塊鬼地方發生了什麼怪事。吃了一坨兔子肉的琴琴變得像喪屍一樣。我怕，附近還有更多更可怕的怪東西出現。」

文儀咬咬牙：「那一人一半。」

我沒再堅持，將威化餅乾掰成兩瓣，遞給她一半。文儀含在嘴裡咀嚼，餅乾沾了口水就化掉，她嘆了口氣：「這輩子第一次覺得威化這麼好吃，嗚嗚，你幹嘛？」

自己趁著她張口說話的瞬間，把剩下的半截威化餅塞進了她嘴裡：「都吃了。」

「嗚嗚。」文儀無奈地橫了我一眼，乖乖地吃完我那一半。

小紅帽拿著攝影機朝琴琴拍個不停，剛開始還有些害怕，最後見琴琴的屍體沒動彈，於是膽子大了起來。將攝影機鏡頭靠著琴琴的身體拍攝。

「觀眾們，大家都仔細看看。這可不是化裝更不是拍電影，各位的遊艇飛機刷起來，來一波彈幕。我們小紅帽探險隊的其中一位隊員，琴琴姑娘。已經死掉了，我非常悲傷。

但是為了真相，我必須抑制自己的痛苦，將事實展現在你們眼前。」

一邊拍，男主播一邊配音：「大家看琴琴的腦袋。」

琴琴閉著眼睛，臉上仍舊爬滿了大大小小的帶狀皰疹。皰疹下方鼓脹的血管裡，流滿了黑血。就點血管也越發的漆黑。就像是千年老樹根爬滿了女孩的皮膚。

被飛鏢刺破的腦髓如同白白的棉花，絲毫沒有大腦應有的質感。

「看過我直播的兄弟們應該都認識琴琴，她雖然膽小，但卻是我最好的隊員。你們看她從前的模樣。」男主播將手機遞到攝影機鏡頭前，找出琴琴以前的照片，照片裡她文靜清秀，和現在猙獰恐怖的樣子形成了鮮明的對比。

「兄弟們，是不是都認不出她了。再一次聲明，這些統統都不是特效，全都是真的。這個影片可以證明，我們的世界有許多神秘的未解之謎。」

小紅帽用鏡頭記錄著可憐琴琴的一絲一縷，就連破損的衣物下方，那變成了蛤蟆卵一樣的皮膚也沒放過。就在他想要去拍琴琴的私處，看看變異成什麼模樣時，老實的二狗終於爆發了。

「紅帽哥，夠了。琴琴死的那麼慘，還不都是你一手造成的。你讓她留最後一點尊嚴吧，求求你了。」二狗將男主播的鏡頭用手撥開。

小紅帽怒了：「二狗，你是吃了熊心豹子膽？到底是誰給你的勇氣，敢這麼跟我說話。你是說老子害死了琴琴？老子是殺人犯？」

二狗怒道：「要不是你餵琴琴吃那噁心的兔肉，琴琴根本就不會屍變。」

男主播瞇著眼，狠狠道：「你這二狗子，你小子早打琴琴主意了。你以為琴琴真不知道你喜歡她？那娘們清楚得很，她就是把你當備胎。不不，你連她的備胎都算不上。她很喜歡我，只喜歡我。」

「可是你又不喜歡她。」二狗微弱地反擊。

「對啊，我不喜歡她。但是老子就算吃剩的都不會留給你吃。你連舔我鞋底的資格都不夠。滾一邊去。」他將二狗踢開，準備繼續為自己的直播事業添磚加瓦，找勁爆的材料。

一旁被罵傻的二狗呆楞楞地坐在地上，看他在自己心上人身上拍來拍去，又想到一直以來被欺負侮辱。就算是病貓也怒了：「你給我放開琴琴，不要拍了，留一點尊嚴給她。」

二狗大哭著，撲到男主播身上，將男主播的攝影機拍掉後，坐在他肚子上，一拳頭一拳頭毫無目標地揮打。

「滾開。」剛開始男主播也被打傻了，反應過來後就開始反擊。兩個人在地上滾，滿身泥土的扭打成一團。

我和文儀目瞪口呆，這三個人之間的關係實在是夠複雜。太八卦了。

第十章 陰森山崗

「要不要去勸架？」文儀指了指。

我搖頭：「勸架沒用，小紅帽這種人，膽子比兔子還小。要不了多久就要求饒了。」類似男主播這樣的渣男性格的傢伙，自己見得多了。自私自利，要在恐怖影集裡，通常活不過三集。

就在這時，文儀漂亮的大眼睛一閃，似乎發現了什麼。臉上流露出驚恐。

「小夜，琴琴的屍體，好像有點不對勁兒！」

我連忙朝緊緊直立的琴琴望去。

琴琴仍然站在原地，手僵硬的抬起，身體繃的筆直。她臉上的帶狀皰疹沒有變多也沒變少，甚至也沒挪動。自己沒看出她哪裡不對勁兒，揉了揉眼睛後，我猛地撐起了身體。

果然不太對。琴琴，似乎在呼吸。她微微咧開的嘴巴裡，一股白煙噴了出來。說是白煙，其實是身體裡微生物群將大小腸中消化的食物殘渣分解後，由於肛門肌肉鬆弛後又被屎堵塞住，造成了氣體倒灌，借由食道從嘴中呼出。

在人死後，這一現象並不異常。異常在，那股白氣，人的肉眼看得到。只有濃到一定程度的氣體，或者因為溫差，人類才能看到體內呼出來的氣。例如冬天呼吸的時候，就能看到白色水蒸氣。

但是琴琴噴出的這口氣不同。那是體內肌肉在燃燒能量形成的。也就意味著，琴琴恢復了行動能力。

「不好。快救他們。」我看了一眼在琴琴屍體腳下扭打不停的二狗和男主播，驚叫一聲。

文儀搖了搖腦袋，沒動，反而扶著我朝遠處山下，村落的方向逃去，眼神決然。身後隨著兩人的驚叫，我回頭看了一眼。果然琴琴又噴出一口白色屍氣後，動了。她扭動尖銳的十根指甲，雙手平抬，閃電般刺向腳邊的兩人。

被壓在下方的男主播看得清清楚楚：「媽呀，那娘們又活過來了。」男主播趁二狗看不見，抬腳將他踢高，撞在了琴琴的漆黑指甲上。二狗的腹部被鋒利的指甲刺穿，嘴裡鮮血直流。小紅帽連滾帶爬地從地上爬起來，朝著我們的方向一邊驚恐的叫罵，一邊逃。攝影機也不敢要了。

「夜不語，文儀，你們兩個沒良心的。心肺都被狗吃了，看到那娘們屍變了也不提醒，居然逃了。你們居然逃了。把我和二狗當餌，殺千刀的。他媽的比我還狠。」

瞧，他還挺有自知之明。

我很無語，都說遺害萬年，怎麼二狗這個善良小夥子命不長，男主播就是命大死不掉。古人誠不欺我。

被琴琴兩隻手刺穿的二狗傻呆呆地吐著血，拚命回頭看著背後的琴琴。他痛苦的目光和扭曲的臉，想通了似的，突然柔和了起來。他扭著身體，呆呆地看著琴琴猙獰可怕的臉孔。他伸出手，想要摸摸那張臉。

琴琴俯下身，張開嘴，露出了犬齒般交錯的猙獰黃牙，一口咬在了二狗的脖子主動脈上。

二狗的瞳孔猛地渙散，還沒有第一次摸到自己暗戀了數十年的女孩的臉，最終卻已經失去了所有的力量，抬起的手垂下。

無力地垂下，嚥下了最後一口血腥味倒灌入氣管的空氣。

「這怪物我暫時沒力氣打了，小夜，你跑快點。」文儀眼見屍變的琴琴吃了血食，猜測她可能會更加凶厲。不由得又加快了逃跑速度。

「我一個殘障人士，你讓我跑多快？」我也感覺情況不妙，杵著拐杖，將打了石膏的那隻腿使用到了極限。本來應該在這二十幾天進行復健的右腳因為缺少食物，並沒有恢復多少。

這一逃，石膏裡的腳大概已經血肉模糊了。

「他媽的，你們等等我。老子怕！」男主播在我們身後罵罵咧咧地追著，全身都恐懼的發抖。

琴琴的屍體是受到生前餓了很久的影響，變身成了吃貨。一整個七八十公斤重的大活人，她沒幾口就吃得差不多了。這傢伙還挑食，只喝血，不吃肉。

「挑食可不是什麼好習慣。姑娘。」我抱怨道，腿腳不便實在很憋屈：「文儀，妳們女生減肥的念頭是不是深入骨子和靈魂裡？妳勸勸她，讓她不要節食了。二狗那小夥子不錯，血好喝，肉更好吃咧。」

「要勸你自己去勸，我沒那個功夫。」文儀一邊跑一邊還要扶著我，氣喘吁吁沒好氣地說。

這妮子一點幽默感都沒有。

琴琴喝光了二狗的血後，一蹦一跳地追了上來。她吃了血食增加了能量，比我們這些二十幾天沒吃飽的三個弱雞強多了。

眼看沒逃多久，就要追到了男主播的身後。

「哎喲媽呀。老子欠妳的啊，妳這娘們生前喜歡我，老子知道。死後就免了吧。妳又不是不知道我刻薄，刻薄的人肉不好吃，血也不好喝。要追，妳去追夜不語他們。白白嫩嫩的好吃得很。」男主播驚叫道。

也不知道琴琴是不是真聽懂了他的話，真的腳步一頓，捨棄了他，朝我和文儀追了上來。

「臥槽。」我大罵：「人家把妳當備胎，妳死後還用得著那麼聽話啊？沒出息。」

男主播頓時得意地笑起來，他的小命暫時保住了。

一陣混亂中，變異成喪屍的琴琴，終於追到了我和文儀身後。只感覺後腦勺一陣陣涼透的勁風襲來，文儀一咬牙，將我往前一推，雙腳交叉地向後飛踢出去。

「砰砰砰」三聲金屬相交的悶響聲，一連三腳，腳腳踢中琴琴的腦袋。可是文儀絲毫沒有喜色，反而臉變得更加慘白。

心中暗叫不好！

她踢中琴琴的一瞬間就知道糟糕了，文儀的腿用力不夠，被屍變後又喝了人血的她以飛快的速度夾住了腳。

「滾開。」文儀嬌喝一聲，手翻動間密密麻麻的梨花鏢射了出去。但是完全沒用。無數梨花鏢叮叮噹噹地打在了琴琴屍體上，琴琴絲毫不動，雙臂夾著她的腳更加用力了。

尖利交錯的犬牙就要狠咬下去。

危急時刻，已經靠得很近的我將手中的拐杖一揮，巧之又巧的，床腳支架的鋼管做的臨時拐杖被我塞入了琴琴的嘴中。

一陣刺耳難聽的聲響後，屍變的琴琴門牙都磕斷了幾根。看得我牙酸。她低吼著，焦黃的視線從文儀身上，轉移到了我的臉上。

我很無辜地罵著：「美女，這可不怪我。妳自己牙口不好，亂咬。咬到了鋼管崩了牙，明明是妳自己的錯。妳看，我沒攻擊妳啊，一點攻擊輸出都沒有。可別把仇恨拉我身上了。」

顯然，這隻怪物沒有理解我善意的解釋。她將文儀的腳放開後，雙爪一揚，文儀整個人都被拋飛出去。

「奶奶的，果然拉到仇恨值了。」我嗚哇的怪叫一聲，抽回被咬的拐杖。堅硬的金屬拐杖上赫然留著幾個牙齒印，看得我頭皮發麻。這真被咬了脖子，血還沒吸完，就已經一命嗚呼了。

琴琴舉著雙手，一蹦一跳地朝我拽來。我拔腿就跑，兩根拐杖拖著仍舊打著石膏的右腳，用盡了吃奶的力氣，還是跑不快。

「完蛋了！完蛋了！」我在危機中，抽空掏出魔方使勁兒地搖了搖，想要將無限回廊的空間力量打開，魔方一丁點動靜都沒有。彷彿已經恢復原本的模樣，沒了超自然能量。

「沒用的東西。」我苦笑。文儀從地上翻起來，努力往前追，想要救我。

我能感覺到耳畔那冰涼的風，還有尖銳黑指甲割斷了幾根後腦勺上的頭髮。

於是我逃得更快了，但那也僅僅快了一丁點，自己幾乎已經到了體力的極限。再這樣下去，就算沒被琴琴殺掉，也會因為橫紋肌溶解而死亡。

眼看就要被身後的琴琴刺穿脖子，我一咬牙，在一個斜坡上俯身往坡底下滾落。一陣天旋地轉的自己不知道滾了多久，好不容易才被一棵樹幹擋住去路。內臟因為加速度的原因在撞擊中，不知道哪個部位受傷了，我滿嘴的血腥味。

拚命睜開眼一看，賭對了。琴琴還在山坡中央，緩慢笨拙的一蹦一跳朝我的方向追趕。

「小樣的，我還治不了妳了。」我噴出一口血，慘笑。屍變的女孩全身都僵直，雖然能用跳躍的方式行動，但是手腳關節並不能彎曲。如果是山坡還好，但是下坡的話對她而言就困難多了。

自己無法弄清楚驅動屍體繼續運動，憑著本能捕食的動力來源在哪裡。不過根據人體的生理構造，直著腳跳躍著下山坡，一個不小心就會跌倒，平衡性不好，自然就慢了下來。

琴琴一慢，文儀就追了上去。手裡的梨花鏢不要命地招呼，慘紅月光下，銀色的鏢流水似的泄出，金屬光澤四溢，美麗無比。大部分飛鏢都打在了琴琴身體上，發出劈裡啪啦的亂響。

但對她無法造成任何傷害，畢竟她早已經死掉了。

不過文儀的用意並不在這兒，她隱藏著必殺技。琴琴右側的數十根梨花鏢在銀光閃爍中相互碰撞，其中幾根因為撞擊作用在空中轉向，朝她裸露的大腦深處刺去。

這時候琴琴做出了一件讓人跌破眼鏡的事情，她喝了人血，就連對危險的本能感知也增長了。這怪物居然將腦袋扭了一百八十度，原本眼睛朝我的方向轉到了脖子腦後邊，變成了後腦勺對準我。

梨花鏢也打在了腦殼完好的位置，沒有擊中裸露的腦髓。她猩黃的眸子，死死盯向文儀。

「可惜了。」文儀暗叫可惜，她的梨花鏢已經不多了。如果逃不掉，就只能肉搏。但是肉搏以她現在的體力，想要贏很難。她根本不知道這怪物的要害在哪兒。

如果還留著醫院裡那些神秘液體，恐怕要好搞得多。酒窩女護士一邊想，一邊鼓足氣勢，兩隻肉掌一揚，暴雨梨花掌鋪天蓋地地將琴琴淹沒。

這是她用盡所有力氣的最後一搏，再次將琴琴擊退後，女護士看向我，淒白的臉上全是決然：「快跑，這一次我是真的撐不住了。」

爆了最後大招的她，隨時都會失力倒下，任怪物宰割。

「還有辦法，一定還有辦法。」我也到了山窮水盡的時候。自己無法逃，也逃不掉。就算轉頭離開，自己也不過比她多活幾分鐘罷了。肯定有辦法！我的大腦飛速運轉著，想了無數的可能性，卻一個又一個的自我否決掉。

眼前的狀況，已經成了個死局。似乎無論如何，我和文儀都會橫死在怪物嘴中。難道，真的要放棄了嗎？

我看了看手中的金屬拐杖，撐起身體，迎著怪物走上前。就算要死，也要奮力一搏，無論如何也要再崩爛它幾顆牙才夠本。

人可以死得重如泰山，也能輕得像鴻毛。哪怕迎接死亡，我夜不語至少反擊了。

文儀有上氣沒下氣地呼吸著，她的掌法緩慢了許多。最終一屁股坐在了地上，癱軟到無法動彈。

「呀，老子拚了！」我大喝一聲，將兩根金屬拐杖胡亂揮舞，向琴琴劈頭蓋臉地打去。金屬抨擊如小雨點，不痛不癢。

屍變的琴琴咧開缺了幾顆門牙的嘴，那黑乎乎的每一顆牙齒，都透著森森的寒意。她手臂揮舞將我右側的拐杖打飛，在我吃痛的瞬間，矮頭朝我的脖子咬去。

我連忙揮動剩下的另一根拐杖，打在了她臉上。

這一打之下，居然發生了奇跡。一道紅光閃過，琴琴如同被雷電擊中似的，在敲擊聲下飛了出去。

她慘號了幾聲，才掙扎著站起來。

我傻呆呆地看著自己左手的拐杖，目瞪口呆，心想難不成這隨便仍在306病房裡的床腳也擁有超自然力量，剛才我不巧觸發了它的被動技能？

事實證明，我想多了。一秒之後，兩個呼嘯聲傳來。兩個人影眨眼間從我身旁越過，朝受到攻擊有些迷茫的琴琴衝去。

其中一個女子長髮及腰，瀑布般的秀髮在月光下閃耀。她身披金黃色的道士長袍，飛舞間，長袍隨風搖擺，自己一度以為神仙下凡了。

再看模樣，我靠，這不是丟掉我就玩失蹤的游雨靈嗎？她靈氣十足的眼眸一眨不眨地盯著屍變後的琴琴，顯然有些疑惑：「這怎麼還有一隻？」

游雨靈身旁站著一個四十歲左右的中年男子，留著短鬍鬚，臉孔稜角分明，但是看樣貌依稀和游雨靈有些像。難道是她親戚？我聽說游雨靈家族一系死的精光，哪裡又冒出了個親戚來？

「說不得，先收了它再說。」中年男子手一揮，一把銅豆子撒了過去。

銅豆子打在琴琴身上，劈裡啪啦響個不停，猶如無數雷光電閃，打得琴琴哇哇直叫。

披頭散髮的琴琴還殘留著本能的憤怒，她尖利吼叫著，朝我撲了過來。

「去你娘家的親戚，游雨靈她家親戚打妳，妳仇恨記我身上幹嘛。活人欺軟怕硬我也認了，妳一具屍體還那麼勢利！」我大罵著朝游雨靈身後逃。

游雨靈看了我一眼，這才發現了我的存在，咦了一聲：「夜不語，你怎麼在這裡？」

「同樣的話我還想問妳呢。」我悶悶道。

游雨靈翻出一把精緻的桃木劍，將一張鬼門符貼在劍鋒上，手指虛空畫了幾個手印，刺向琴琴。

琴琴用僵直的手抓想要把桃木劍撥開，但是一接觸到劍體，就觸電般將手縮了回去。只見她的手上赫然映出了焚燒般的黑色痕跡。

果然是術業有專攻，文儀功夫那麼好也搞不定的怪物，游雨靈三兩下就放倒了。趁著兩個新生戰鬥力和琴琴打成一團，我手忙腳亂地把癱軟沒力氣的文儀拖到安全的地方。

山坡頂上，死裡逃生的男主播也趕了過來。他看到兩個道士正在打屍變的琴琴，頓時來了精神，雙眼裡全都是錢的符號。不知從哪裡又掏出一個小型攝影機，津津有味地拍起來。

嘴裡一連串的兄弟喊出去，求打賞求關注得不亦樂乎。

琴琴被兩個道士打得節節敗退，不斷向後躲閃。她黑色的長指甲被桃木劍打斷，嘴裡剩下的牙齒又被打掉了幾顆，游雨靈兩人的打法相同，太暴力了。

琴琴發出野獸的吼聲，找著機會想要攻擊我和文儀。這令我百思不得其解，按理說她死後並沒有智慧，自身本能。但是本能也能識別人與人的不同嗎？剛剛她也放棄了攻擊靠的比較近的男主播而追趕我。

現在明顯攻擊力更高的是游雨靈他們兩個，她也拚命地想要攻擊我。此前我和她又不認識，這二十幾天也沒得罪過她。她死活逮著我不放幹嘛？難道自己又或者文儀身上，有什麼東西在吸引她？

「死！」游雨靈反手飛出幾張鬼門符，符在空中化為火團，那炙熱燃燒的火焰落在琴琴身上，立刻點燃了她的軀體。她彷彿灑了油的乾柴，燃成了火人。

就算如此，它也緊盯著我和文儀。火焰舔舐她的雙腿，將大腿上本就不多的皮肉脂肪全都融化。琴琴倒在地上，帶著身上越來越旺盛的火炬，一點一點朝我倆爬過來。

游雨靈冷哼一聲，三兩步走上前，將手裡的桃木劍刺入了她的後腦門。琴琴抽搐了幾下，終於不動了。

火光映照著四周，將夜色也點燃了似的。空氣裡彌漫著噁心的惡臭味。

我摸了摸臉上的冷汗，和文儀一同鬆了口氣。那怪物被消滅前看我們的眼神，令我和她不寒而慄。我實在搞不懂，她為什麼對我們那麼執著。

游雨靈似乎同樣也搞不懂，她看向我，調侃道：「夜不語，你是殺了這姑娘全家還是侮辱了他們祖宗十八代，為什麼她老想攻擊你們？」

「鬼才知道。」我苦笑：「算了，游雨靈，妳為什麼會在這兒？妳旁邊這人是誰？」

「這是我爸。」游雨靈大大方方地將中年漢子扯過來。看他們只相差十來歲的模樣，與其說是父女，不如說更像是兄妹。

我二丈金剛摸不著頭腦，「不對啊，妳爸不是在妳六歲的時候就因為某個事件死掉了嗎？」

說到這，我突然大驚失色。不對，總算知道一直以來覺得哪裡不太對勁兒了。自己的魔方和306凶房裡時間和空間都有問題的神秘力量撞擊後，或許不止空間，就連時間也位移了。

難道現在，是二十幾年前，游雨靈的父親還活著的時間線？

「現在是，二十年前？」我試探著問。

游雨靈點點頭：「剛開始我還以為自己在作夢或者產生了幻覺，最終證明，是時空出現了錯亂轉移。」

這更加坐實了我以前的猜測，衡小第三醫院中那股神秘的超自然力量，果然是和時間與空間有關係。但是為什麼是二十年前？

「妳父親知道妳的身份嗎？啊，伯父好。」話一出口我就知道自己說錯了。如果他不知道游雨靈的身份，游雨靈會大大咧咧地叫他嗎？這妮子也是膽大，作為一個時空穿越者的基本準則，明明應該是儘量和直系親屬隔開距離，絕對不暴露身份。她倒好，路痴腦迴路清奇也罷了，這傢伙就算沒學過物理，也應該看過電影《蝴蝶效應》啊。

長相像大號男性游雨靈的中年男子一直在上下打量我，大概在思忖我和自己女兒是什麼關係。

見他有時候滿意地點頭，有時候又皺著眉頭，我心裡在吶喊。天地良心，我跟游雨靈那傻丫頭一丁點關係也沒有。

自己跟游雨靈將我們分別後的經歷，大致互相交流了一下。得到的結論觸目驚心。

第十一章 再回凶房

說實話，我有點傻掉。

大腦飛速地消化著游雨靈和我交換的資訊後，歸整總結。好半天我才抬頭看了一眼頭頂紅色的月亮，背脊發涼。

「游雨靈，妳的意思是衡小第三醫院最近發生的怪事，和幾十公里外的文采村有關？一百多年前，文采村死了個叫做王才發的鰥夫，由於他死的太慘，戾氣無法散去。又在某種偶然挖到後丟進棺材中的神秘物品影響下，變成了類似殭屍的怪物。

「但是附近一座山上的悍匪陰錯陽差下，將鰥夫棺材中的那個東西搶走了。之後，怪物禍害人間，游家先祖聯手制伏的怪物被封印在棺材裡。但是二十年前，不知為何，怪物又醒了過來開始作祟。妳的父親出馬，想要將王才發的棺材換到一個陰氣十足的墓穴中鎮壓起來。」

游雨靈打斷了我：「我總覺得，這件事裡透著某種陰謀的痕跡。」

「是因為鬼門嗎？妳認為妳家守護了世世代代數千年的鬼門，早已被人搶走了，周倉也早就死了。二十年後那個在火葬場裡妄圖掀起波瀾的，根本就不是周倉，而是雅心的勢力。」說到這，我沉思起來：「也就是說，現在，距離我們所在時代的二十年前，雅心勢力似乎就在默默籌畫著什麼。這裡根本就是一個陷阱，引誘妳父親來，想要斬斷游家和鬼門的最後一絲關聯，好徹底掌控鬼門？」

游雨靈點頭。

「這確實很有可能。」

雅心的勢力深沉無比，而且年代久遠。鬼知道他們在打什麼算盤。自己至今都很難抓住這個勢力的小辮子，甚至對他們所知甚少。

「先將雅心勢力的陰謀放下不談。」這件事是不是牽扯到了那個令我極為痛恨的勢力，也僅僅只是猜測而已。沒有證據的事，都做不得準，「那個活了一百多年的怪物王才發的屍體呢？」

「當然再一次屍變了。本來光靠我父親一人肯定是搞不定的，那傢伙太可怕了。厲害得很。一旦活過來，再加上又是在至陽之穴中得到了滋養，父親絕對會死翹翹。」說到這游雨靈得意了：「不過本姑娘陰錯陽差地回到了二十年前，靠著我這麼多年行俠仗義、坑矇拐騙弄來的錢，買到的失散在各地的鬼門道符。生生用罪惡的金錢將那怪物打成了重傷，不可能是父親的對手了。」

這一點我倒是贊同。對於游雨靈一系，我也好奇地查過底細。二十年前游家還算旺盛，主線支線血親哪怕不多，也絕對不少。可是在她父親時候，就一個個橫死他鄉。最終只剩下了游雨靈一人。

游雨靈之所以能活著，除了她父親留了後手外，也有因為她那聰明的母親隱姓埋名的緣故。

現代科學昌盛，不再相信鬼神。游雨靈叔叔嬸嬸那一眾驅魔人死後散落各地的鬼門道符，也在時代的狂流中變成了迷信的產物，只要有心搜集，花錢花精力，肯定能搜集很多。游家一系，所謂的法力，其實也是鬼門賦予的。必須要透過鬼門道符來施展。

說白了，就是一種將擁有生死因果的神秘物品——鬼門當中蘊藏的超自然力量藏入鬼畫符裡的手法而已。槍本身是沒有殺傷力的，鬼門道符就是游家的子彈，子彈越多，手槍也能變成機關槍。

鬼門道符不要錢地往怪物王才發的頭上扔，就算它再強悍，說不得也會被打脫一層皮。游雨靈說那怪物受了重傷，算是它運氣好了。

「所以你們父女倆出來，就是為了找受傷逃走的怪物？」我問。

游雨靈點頭：「對啊。你有線索嗎？」

我瞪了她一眼，踢了踢腳底下的琴琴屍體：「這麼大一個線索躺在腳邊上，妳沒看見啊？」

既然已經明白了前因後果，琴琴那副慘狀我頓時也知曉了。想來是王才發受傷後曾經逃到過我們來時的樹林前，抓了一隻兔子吸光了牠的血。兔子在屍毒的影響下，變異成了能動的活屍。最終肉被男主播餵給了琴琴，毒素也進入了琴琴體內。於是活著的琴琴被生生毒死，死後的她同樣也變異了。

這秀逗女道士大大的「啊」了一聲，拍拍腦門，連忙蹲下身去檢查了一番：「沒錯，她的體貌特徵和屍變的王才發有得比。應該是被傳染了。」

她抬頭問：「這女孩是什麼時候變異的？」

「我帶妳去。」我一揮手。心裡很不踏實。一個間接傳染了屍毒的琴琴就將我們一群人弄得雞飛狗跳險些全部死光，要真遇到了本尊，哪怕是受重傷的本尊，那是打不過逃不了的。還不如跟著這兩個道士安全些。

「那走。」游雨靈帶著她老爸就要我帶路。

我訕訕笑了一下：「最近餓慌了，妳有沒有什麼吃的喝的，我們先填飽肚子。」

「爹。」女道士轉頭看向她爸。

伯父很乾脆，從背囊裡取出一些硬邦邦，一看就很不衛生的餅子和一個水袋。我和文儀哪管好吃不好吃，眼睛放光地帶著一股兇狠的一掃而光的氣勢。就連站邊上的男主播也撲上來，搶了一個餅子吃。

填了一半的胃，沒吃飽餅子就沒了。可好歹恢復了許多力氣。

看著月色越發的紅濃，伯父略顯焦急：「快上路了，王才發的屍身很不尋常。我怕它吃了血食後恢復過來，會變得更加凶厲。」

夜色薰薰，絲毫沒有天亮的跡象。我被文儀扶著，用剩下的一根臨時拐杖往前走，游雨靈見我腿腳不便，連忙地跑來扶我另一邊。

一旁的伯父氣炸了，他心痛自己親女兒：「男女授受不親，一邊去。」

他看起來也不算強壯，卻一把將我扔在背上，用繩子一捆。健步如飛的跑上了山：「往哪邊？」

我指了個方向。這傢伙剛朝我指的方向走了一段後，馬上就迷路了，找不著北地在山崗上繞圈圈，甚至朝著相反的方向衝刺。

「伯父，走錯路了，那邊，那邊！」我很鬱悶。

伯父怒目，老臉發紅，雙手翻花似的結了好幾個手印，大喝道：「哪裡的孤魂野鬼擾我視聽，居然讓本道著了道。這鬼擋牆的本事好厲害！」

我被他的厚顏無恥弄得目瞪口呆，你妹的，和她女兒一個德行。路痴就路痴嘛，說出來我又不會鄙視你。還好意思找藉口說遇到了鬼擋牆。果然是父女啊，親生的。

文儀走在游雨靈身旁，顯然她對女道士佩服不已。任誰打了半天都沒搞定的東西，結果被別人三兩下打殘了，大多都會升起崇拜之心，前提是不瞭解那個人的德行之前。

被文儀恭維了幾句，趕路的游雨靈就膨脹了。得意的知無不談、問什麼回答什麼，典型被人賣了還替人數錢的貨。什麼防備也沒有。看得她老爸也直嘆氣。八成在心裡吐槽，自己女兒到底是怎麼成功活到長大的。自己的教育沒那麼失敗吧？不行，以後回去一定要加緊兔秧子的教育。

很快我們一行五人就來到了碰見兔子的樹林前，伯父蹲在地上檢查腳印，又在一旁的樹幹上摳下些許樹皮聞了聞。皺眉後，指著一個方向說：「它朝那個方向逃了。」

我和文儀對視一眼，同時心裡感覺不妙。那方向，正是我們從 306 病房逃出來的山頂。越往前趕路，心裡的不安越濃。似乎在證實我們內心想法般，一行人回到了那個山坡。看著熟悉的景色，我搖頭苦笑。

果然屍變的王才發和衡小第三醫院中潛伏的那股力量有關聯，否則為什麼別的地方不逃，反而筆直地向著這地方跑？從它留下的痕跡看，目的性非常強，毫無猶豫的跡象。以最短最筆直的路徑，用最快的速度趕過來。

彷彿是感應到了某些人類察覺不到的東西。

它的痕跡，在隧道前消失了。

我、文儀、小紅帽探險隊五人挖出來的洞穴還在，應該也還連接著二十年後的衡小第三醫院。但是隧道逐漸開始若隱若現，魔方和306病房時空力量碰撞帶來的風暴正在平息，空間和時間就要恢復正常了。

一旦平復下來，恐怕隧道也會消失。

這下我們頓時害怕不已，以前認為這裡是正常的時空，只是位置不對罷了。沒想到結果連時間都不對，如果不通過隧道回去，鬼知道會不會再也回不去了？

文儀也想到了這點，連忙道：「小夜，我們必須馬上進隧道。」

我點頭，看向游雨靈：「王才發有可能已經逃進了隧道裡，到了二十年後。必須回去阻止它，一旦它打破了306的時空禁錮，恐怕會將醫院裡所有人全部吃掉。」

游雨靈有些猶豫，她側頭望向父親：「爸，跟我一起走。」

「跟妳走幹嘛，我在這裡有老婆有女兒。」父親笑呵呵的，滿臉慈祥地摸了摸她的腦袋：「我還想看著妳長大，能知道長大後的妳有這麼優秀，為父已經十分欣慰了。怎麼能錯過妳的成長呢？」

「但是這裡……」游雨靈很擔心。

「屍化的王才發被打殘了，應該不是的對手。妳去收服它，我放心。」父親衝她揮揮手，眼中卻滿是不舍：「我也該回家，陪著老婆和娃了。」

「走吧，妳父親屬於他的時代。」我拉了拉游雨靈，悄聲道：「既然妳清楚妳父親就是死在王才發手上，它逃進了二十年後。就沒有隱患了，或許回去後，妳的人生會變得不同。」

說是這麼說，我心裡卻隱隱有一股更加濃烈的不安感。時間穿越自己沒經歷過，可見過豬走路，還沒吃過豬肉嗎？根據物理定律，時空會自動恢復不協調的 BUG。改變了的過去，真的能改變的了未來？

我無從得知。可是自從王才發消失在隧道前，自己就開始心驚膽戰。彷彿隧道後方，正在發生著某種可怕的事情。

見我焦急的模樣，游雨靈一咬牙，金黃的道袍隨風飄搖：「爸，我走了。」

「爸，你保重。我回去後，就去找你！」

「去吧，去吧。女兒。」父親眼圈發紅，抬手，悄悄將眼眶中的淚水擦掉。

游雨靈不再猶豫，她轉身走入了深邃的洞穴裡。我對伯父行禮後，也與文儀走進了隧道。身後的男主播命大得很，至今活蹦亂跳地舉著攝影機拍個不停。他兩個夥伴的死亡，沒有給這傢伙造成任何不良影響，他興奮得很。一直沉迷在自己拍的影片一定會引起巨大的回響等美好想像中，覺得自己肯定能發大財。

看著四人一前一後的身影全部消失。游雨靈的父親這才仰起頭，拚命地止住眼淚。他深呼吸幾口氣，冷哼一聲。

那哼聲迴盪在山谷間，盪起無數的回音。

他金黃的道袍飄蕩，破舊的袍身在月光下冉冉發輝。左手一翻，每一個手指縫間，已經夾住了一張圖案繁複的鬼門道符。顯然，他戒備極深，他明白自己遇到了非常棘手的對手：「鬼鬼祟祟躲了那麼久，該滾出來了。」

在他的冷哼中，三個影影綽綽的黑衣男子從陰影處走出。一聲不吭，彷彿沒有影子似的。三個男子都沒有任何特徵，但是他們的黑衣上卻都繡著一隻古怪的鳥。尖尖的紅嘴，古怪的翅膀，還有長長的三根尾羽。

血月更濃，彌漫著無窮森涼。

「文采村的事，就是你們在作怪？哼，我早就懷疑有問題了。」游雨靈父親面色肅然：「既然你們有恃無恐地走出來，也應該做好了喪命的打算。廢話不說，納命來！」

他將手指間的鬼門道符扔出，每一張符咒都在空中閃出璀璨的光芒。伯父把一張特殊的道符貼在劍上，桃木劍身頓時爆出金屬的光澤。

「吒。天地無極，鬼門借法。今有鬼門道人，朗朗乾坤，清魔除孽。急急如律令！」

他在爆發的符咒中，迎著月光，和深深隱藏著的那群黑衣人，戰成一團。

生死決鬥，不死不休！

隱藏了數百年的陰謀，在他們的戰鬥中掀開驚天波濤，露出了冰山一角。

□

隧道中，我們一行四人在自己挖掘的洞穴裡往回走。時空不穩定，隧道彷彿隨時會崩潰。我們不由得加快了速度。

五十公尺的距離，並不長，但我們卻像走了很久似的，終於回到了306的廁所中。來時五人，回來四個。有兩人徹底化為白骨，煙消雲散在混亂的時空洪流中。自己略有些感慨。

當最後一個人從隧道裡走出後，凌亂的空間終於停歇。數次虛影重疊中，深邃的隧道由遠至近開始折疊，在我們驚訝的視線中，牆壁上的洞猶如伸縮望遠鏡被猛地打了一拳，縮回最小尺寸。

那一扇我、文儀以及小紅帽三人組挖了二十幾天的牆面只留下一個不足十公分深的淺坑。斷了一地的衝擊鑽頭依然散落一地，奇幻的像是一場噩夢。

游雨靈一出隧道就開始戒備，她一手抓桃木劍，一手抓鬼門符咒，生怕早已逃進醫院的王才發攻擊。

但想像中的攻擊遲遲沒有到來，王才發的恐怖屍身也沒有出現。自從二十幾日前，我和文儀進來後就消失不見的306病房的門，出現在了它原本的位置。可門早已經殘破不堪，實木門板上交錯著無數的小洞，像是被什麼尖銳的物體密集地穿刺。最後不堪重負，轟然倒地。

「這是王才發的指甲刺出來的。」游雨靈皺眉，顯然有些疑惑。

我臉色一變，想到了什麼：「不太對。」

「你也這麼覺得？」游雨靈看了我一眼。

文儀沒想明白：「你們在打什麼啞謎？那怪物應該沒有智慧，用指甲刺穿門板逃出去有什麼不對？」

「就因為它沒有智慧，這才有問題。」我摸了摸門板上的小洞：「一個沒有智慧的怪物，在困入封閉的密室中後，會幹什麼？當然是漫無目的的到處搞破壞。但是這306房中，除了門外，在沒有別的痕跡，也就意味著，王才發一開始就是有目標的將門弄破，彷彿它知道通過門出去是最好的辦法。」

「已屍變的王才發，不可能想得通這一點。」游雨靈撇撇嘴。

文儀大驚：「你們的意思是，有人一直隱藏在房間中。見到王才發後，故意引導它將門破壞掉？誰躲了那麼久，他躲在哪裡，什麼時候躲進去的？」

想通了這一點後，所有人都背脊發涼。我身上起了一層雞皮疙瘩。自從二十幾天前我和文儀進入 306 後，除了小紅帽三人組外，就沒有任何人進來過了。期間 306 病房都是封閉的死亡空間。

如果真有人躲在裡邊，他又是怎麼活下去的？是隨著我和文儀進來的，還是隨著小紅帽三人組進來的？我們和小紅帽三人組一起存活的二十幾天中，並沒有看到多餘的垃圾，也沒察覺過有多餘的人。

一個大活人，總要吃喝拉撒，不可能靠餓活過幾十天。除非，那人是在我們進入隧道後，才闖入 306 的。隱隱中，我覺得那股陰謀的氣氛，更濃了。

自己仔細地再次審視這間困了我二十來天的邪惡地方，人總有思考死角。總認為所見就是所得，我來的時候只覺得 306 或許有什麼超自然的力量，而房間的佈局，應該和安寧中心的其他房間沒什麼不同。

但是當自己真的開始認真檢查時，頓時大驚失色。推開衣櫃，櫃子的內層似乎比普通櫃子淺了一些。我用力地在衣櫃的內部敲來敲去，終於敲擊到了一處會傳出空蕩蕩回聲的位置。

回頭看了文儀一眼，文儀明白了我的意思，一腳踹了過去。

衣櫃背板頓時碎了，露出了後方的一小塊空間來。這個空間很小，當初設計的時候應該是擺放某種設備的，可是經過醫院的改組，這一處地方變成了衣櫃後就空了起來。

那一直隱藏的傢伙不知準備了多久，或許早我們一步將這個狹小的空間改造了，躲了進去。

他吃著自己準備的流質食物，將排泄物拉入壓縮袋中，不發出聲音不散發氣味。直到我和文儀進來。他從一個很難發現的小孔，一直窺視我們的一舉一動。

我毛骨悚然。

他到底想幹嘛？他的目的就是為了迎接從二十年前，通過隧道進入衡小第三醫院的王才發嗎？他是如何知道，王才發會出現在這兒？

我打了個冷顫。除非在那個小山坡，自己和游雨靈交換情報的時候，就有人將一切聽在了耳中。他們潛伏了二十年，為的就是今天。

游雨靈的父親之後怎麼了？既然那些偷聽的人還活著，那麼伯父凶多吉少的可能性很大！

我連忙掏出手機，翻看離這裡幾十公里外的文采村的消息。關於它的記錄很少，只有百寇里有這麼一條：春城西郊文采村，二十年前某一天，全村兩百多口人離奇暴斃。村中雞犬不留，無人生還。至今，成為了未解之謎。

自己的心涼透了。就連看著醫院裡的一切，都感覺透著赤裸裸的陰謀和四伏的危機。果然有什麼勢力在佈置一切，用了上百年的時光，緩慢讓詭計浸透入歲月中，令人措手不及。

但無論什麼陰謀，始終是為了達到目的。現在王才發的屍身已經來到了這家醫院，那群躲藏在醫院陰暗處的傢伙，會利用它做什麼？

我突然想到了一些東西。醫院裡流淌的神秘力量，很有可能就是造就王才發百年不腐，變為怪物的東西。難道，王才發依據本能牽引，想要和那神秘物體合二為一？

這會不會就是隱藏的邪惡勢力的目的之一？當然，他們的所作所求，也絕不可能如此簡單。無論如何，先阻止王才發將那神秘物品找到才是重中之重，因為誰知道，當他搶先得到那物件時，會發生多麼可怕的連鎖反應。

我迅速將自己的猜測小聲對文儀和游雨靈說了一遍，男主播剛剛已經離開了，欣喜若狂地帶著自己拍攝的影片以及發財夢。我沒有阻攔他，對我而言，他也是個不可測的因素。誰知道這傢伙會不會也是那神秘組織的其中一枚棋子？

游雨靈想到了自己的父親，連忙打電話給母親，問父親情況。沒多久她就臉色慘白，眼眶發紅的伏在我肩膀上，大哭不已。

哭了好一陣子，我輕輕用手拍著她的背：「妳父親，終究沒有再回去，對吧？」

「嗯。我以為，我以為我改變了父親的命運。他不會死，至少不會再死在文采村。哪知道命運，根本就無法改變。根本不是王才發殺了他。而是背後那股早就隱藏在文采村的傢伙們在作怪！」游雨靈哭喊著：「恨死他們了，早知道我死都不會離開父親。」

我沉默了一陣子，等游雨靈冷靜了下來，這才道：「覺得痛苦，覺得難受，那麼就去報仇吧。殺妳父親的真凶，應該就在這家醫院中！」

「報仇」兩個字成功的轉移了游雨靈的注意力，她抹乾眼淚，咬住嘴唇：「報仇，沒錯，老娘要報仇！」

她將金黃的道袍一展，一低頭，攬起自己一撮長髮。咬破食指，咬住劍柄，用帶血的手指在桃木劍刃口一抹，沾了血的木劍神奇地射出一尺金光。

手起刀落，劍光吞吐間，游雨靈已經將自己拽住的那截長髮割斷。寸寸青絲隨手一揚，紛紛飄落在地面，猶如下了一場烏黑的髮雨，落地無聲。

游雨靈用力到將嘴唇都咬破了，紅唇的血和手指的血順著長髮的落地而落地：「天地為證，黛髮為祭。今有鬼門道人，指天施幽魂，斷發起誓語。不手刃害我父親惡徒，誓遭……」

說到這，她猶豫了。像是想不到用什麼等價交換才夠格。最後乾脆一把將我給扯過去，發毒誓：「誓和夜不語一同遭五雷轟頂之災，神魂俱滅。」

鏗鏘有力的誓言，字字如同雷電奔流，沿著走廊轟鳴向遠方。

我一腦袋的草泥馬奔了過去，這女道士思想有夠奇葩的，自己父親的仇自己報，幹嘛把我也當毒誓的籌碼。我冤不冤啊，有福同享有難同當也不是這樣玩的。事實上，老子跟她也不熟啊。

「去哪裡找那怪物王才發，你們不是賭咒發誓要報仇嗎？」文儀不知該笑還是不該笑，事不關己的思索了片刻，問。

「它屍體沉重，走過的地方肯定會留下腳印。」游雨靈趴在地上，仔細看，看了好一會兒才尷尬地撓撓頭：「喔，我忘了這裡是地磚不是泥巴地。而且我也不會辨識腳印。」

要不是看在她還沒從父親死亡的悲傷中爬出來，我老早就一腳踹過去了。這麼多年了，這妮子厲害了，胸大了，腦容量怎麼就沒有同步增加咧。

「這種時候就應該去監控室找線索。」我指了指走廊上的監視鏡頭，帶著眾人走出306病房，正準備朝三樓最裡邊的監控室進行調查。突然，一陣淒厲的慘叫傳了過來。是男主播的聲音。

我們三人對視一眼，連忙朝那方向跑去。男主播衣服破破爛爛地倒在電梯間前的地上，襤褸骯髒的布料包裹著他乾癟的身體。不見才一會兒，他就成了乾屍。

游雨靈伸手撥開他的頭髮，男主播脖子偏上的位置，赫然有兩個牙齒洞。

「他死了。」沒腦女道士宣判。

「明眼人都知道他死了。」我說：「是王才發逮住他，喝光了他的血嗎？」

游雨靈搖頭：「不是。被埋了百多年的屍怪沒那麼簡單，被它咬了，脖子上的牙洞裡應該會留下焦黑的痕跡。」

「也就是說，他不是被王才發咬的？那誰喝光了他的血？」我感覺後腦勺發涼，偌大的走廊上，一個人也沒有。這也太怪了。如果說王才發那怪物突然闖出來，大肆殺人喝血，那麼整個安寧中心應該很亂才對。

但是走廊上乾淨整潔，甚至稱得上一塵不染。病人和醫生似乎早得到通知，有序地離開了。無聲的寂靜蔓延在這片被潔白的燈光渲染的醫院，彷彿每一寸空間，都凝結著陰謀的氣息。

「這麼看，都覺得像陷阱。」文儀苦笑。

「不是陷阱才有鬼了，這麼大的陣仗，唬誰呢。」我冷哼一聲。306病房位於安寧中心的中間，自己三人是從左朝右跑過來的。來的時候，左邊是安寧中心的入口和護士值班室。右側則是大樓的尾部，有一台員工專用電梯。那部電梯早就壞了，沒有亮燈。而最內側貼著尾牆的地方，還有一扇寬大的門。

這扇門大開著，平時看不出來裡邊到底是什麼。現在門開了能看清楚了，居然是一個只有下沒有上的樓梯。

樓梯深邃，不知道往下會通往哪裡。如果真有什麼東西攻擊了男主播，它能逃的方向只有樓梯下方了。

游雨靈聽過我的介紹，知道文儀在這家醫院混了一個月，於是朝她看去。文儀一攤手：「別指望我了，我沒在安寧中心工作過。雖然偶然臨時幫過一兩次忙，但從來沒有見過這個樓梯，那麼久了，我甚至不知道這個樓梯的存在。」

「我倒是知道。」我輕聲道：「基本上每一家醫院的安寧中心，都有兩個樓梯。」

我指了指走廊左側入口的樓梯：「那個樓梯，是讓活人走的。病人醫生都用它。」

「而我們眼前的樓梯，如果沒猜錯的話，應該是死人走的。」

「死人還會走路？」文儀咂舌：「醫院還給它修通道，太扯了。」

「中華的傳統，一直以來活人和死人就不能走同一條路。大凡醫院，白天不會推死人出病房。特別是安寧中心。死人會被放在病房裡，直到晚上再推走。因為安寧中心裡住的全是老人，老人們如果看到今早還在一起下棋的夥伴，下午就死了被推出去，會受到刺激。」我解釋：「所以醫院一般都會多修一個只下不上的隱蔽樓梯。」

我指了指那扇門內：「這個樓梯，會通往太平間。」

文儀和游雨靈同時順著我的手看向裡邊，額頭上滲出了冷汗。樓梯下方不斷地冒著寒氣，黑洞洞的階梯落入黑暗，怎麼看都不太對勁兒。

如果是陷阱的話，就太明顯了！

「下去嗎？」文儀問。

「能不下去嗎？」我嘆了口氣，確實我們沒有別的選擇。要嘛像無頭蒼蠅一樣在醫院裡亂竄，要嘛就跳入別人設下的陷阱中，畢竟這個不像是陷阱的陷阱，太古怪了：「走吧。」

安寧中心有許多腿腳不便的老人使用的拐杖，我找了兩個，被文儀以及游雨靈夾在中間，緩慢地順著樓梯往下走。

樓梯間只有暗淡的燈，就著這光線不足的燈光，我們三人行走在狹小的空間中。樓梯由於是設計來運屍體，所以和外邊人走的階梯不同。臺階比較矮，相應的階梯就會很多。走起來很不舒服。

從三樓到一樓沒有任何出口，只有無窮往下的樓梯轉折。悶著腦袋走了大約五分鐘樓梯，一扇門出現在眼前。

門上還有老舊的字跡「太平間」。

衡小第三醫院的年代有些久遠，一開始電梯狹小，再刻意地避活人。在許多年中，恐怕都是用這專用的通道來運屍體。現在說不定已經荒廢許久。這扇門鏽跡斑斑，很久沒有打開過了。

文儀指著地上的拖痕：「小夜，門似乎不久前才被從裡邊推開過。」

「沒錯。」我點頭。這扇門的門軸老化得厲害，地面全是灰塵，平時就連清潔阿姨都不會進來。甚至我懷疑裡邊的太平間，恐怕都屬於安寧中心的配套之一。現在也早已不再使用了。

但就是這一扇彷彿早已經被所有人都忘記的門，卻在剛才被什麼東西打開過。

我不由得嚥下一口唾液，內心有些緊張。

我們三人對視一眼，文儀將梨花鏢夾在手指間，游雨靈抓了一大把鬼門符衝我點點頭。

「大家都小心些。」我用拐杖抵住門扉，老太平間的門發出「嘰咯」的破銅爛鐵聲，敞開來。

露出了內部更加黑暗的所在！

尾聲

我杵著拐杖，用一隻手打開手機的手電筒功能。一束白光照亮黑洞洞的太平間一角。大家都很緊張，進門後就站定了，兩個女孩將我圍住，警戒著可能從任何地方出現的攻擊。

等了一會兒，沒有任何東西攻擊過來。

我用手機燈光朝四面八方掃了幾下，大致熟悉了一下環境。這個太平間應該廢棄了很長一段時間，地上落滿灰塵。大廳中央有幾個金屬手術臺，用來解剖屍體的。周圍的三面牆壁都是停屍櫃，用來臨時停放老人屍體。

停屍櫃的冷凍設備早已被搬走，只剩下一些沒有價值的老舊設施。看到這兒，我不由得皺起眉頭。每一家有歷史的機構，都有它的陰暗面。位於衡小第三醫院三樓的安寧中心，成立也不過才十年左右，在這樓層改為安寧中心之前，誰知道三樓是拿來幹什麼的。

當初自己本以為安寧中心最右側的樓梯是醫院的配套設施，可看裡邊的設備，絕對不止是普通的太平間那麼簡單。我甚至懷疑，是否整間醫院，都是彌漫不散的，陰謀的一環。從百年前，游家老祖去文采村鎮壓屍變的王才發開始，陰謀就已經開始了。

如此精巧的佈置，如此耐心的等待。那夥人，究竟想圖什麼？

我大感不妙，腦袋飛速地運轉著，想要尋找到蛛絲馬跡，推敲出那股隱藏著的勢力的身份，以及他們的目的。可是無論我怎麼猜，都想不出個所以然來。

自己嘆了口氣，果然線索實在太少了。

「沒危險，也沒什麼怪東西。」游雨靈檢查周圍後，搖了搖腦袋。她沒有找到王才發的蹤跡。

那怪物到底跑去哪兒了？

「小心！」文儀厲聲喊道，手裡的梨花鏢射出的同時，一把將我扯倒在地。

只見破敗的停屍櫃中，一道黑色的影子竄了出來，猛地在牆上地上滑過，朝我的腳邊射來。它隱藏在黑暗中，很難發現。我和文儀滾成一團，險之又險地躲過那道影子的攻擊。

但它的目標，明顯不是我們的肉體。

黑影在地上爬，四肢細長，沒有臉。它就如同一塊黏在地面，被嚼過被踩過的口香糖，黏糊糊地又朝我身後的影子竄過去。

我本能地又在地上滾了好一段距離，自己手裡的光線因為滾動的原因，胡亂繞圈。

我和文儀的影子也在光明中不斷地在牆上、地上、天花板上移動。每一次影子出現，充滿邪惡氣息的黑影總會像聞到了腥的狗，不停地追趕。

游雨靈瞪大眼睛，見文儀和我抱著不斷滾動，有些傻眼：「你們在幹什麼，跳舞嗎？」

我大罵：「妳瞎了，有見過在地上滾著跳舞的嗎？用妳的明目符貼在眼睛上，快！」女道士被我罵得縮了縮脖子，趕緊捏碎兩張明目符，眼睛中火焰一閃而逝，她終於看到了追趕我們影子的東西。

「又是這怪物。」游雨靈平白被我罵了一頓，火氣全發洩到了黑影上。她將手掌交錯，拇指和食指對稱壓住，捏了個複雜的手印。掌間夾著一張鬼門符：「吒！」鬼門符無風自燃，彷彿一團火焰將她的雙手也燃燒起來。游雨靈推動火光朝黑影丟過去，熾熱燃起的符咒頓時打在了黑影上，猶如油脂被點燃，幾乎是一瞬間黑影通體都開始騰起火焰。

黑影無聲地慘號著，在二次元平面上翻滾，不多時便燒得千瘡百孔，泛黃照片般的屍骨無存、消失不見。

「呼。」我和文儀這才長呼一口氣，從地上爬起來。

「奇怪了，為什麼你們都看得見黑影。而我這個正宗的鬼門道人，明明是最應該能看見的，卻什麼也沒看到。」游雨靈有些奇怪。

對她的這個疑惑，我同樣也不解多時了。黑影只有我和文儀能看到。我們之間，到底有什麼關聯？我覺得解開這個謎非常重要，說不定就是尋找到王才發，甚至揪出幕後真凶的關鍵。

「妳用了明目符後，眼中的黑影是什麼模樣？」我瞇了瞇眼問。

游雨靈偏著腦袋：「其實我根本看不到黑影，只是些微的覺得黑影所在的那一塊能量場有波動罷了。我循著波動，劈頭蓋腦地丟鬼門符，砸中一個消滅一個。」

我去，這樣也行。黑影在她眼裡只是能量波動？聽到這兒，我心裡一動。難不成這些黑影，原本存在於二次元世界中。只是因為醫院裡那神秘物品的緣故，通通從二次元世界裡跑了出來？

這個該死的衡小第三醫院，太亂七八糟了。又是百年老殭屍王才發，又是二維怪物，還動不動就錯亂時間和空間。到底是要哪樣啊？越來越搞不懂，潛伏的那些傢伙們，究竟想幹嘛了。

「小夜。你，你看。」突然，文儀死死地拽住了我。她雙手用盡力氣，幾乎要把每根手指都掐入我的胳膊肉裡。

順著她驚慌失措的眼神，我看到了令自己倒吸一口氣的一幕。平靜的破敗太平間中。

無數黑影密密麻麻地從停屍櫃裡爬了出來，它們擁擠著佔據了牆面、地面、天花板，每一寸空間都在不停地塞入邪惡怪影。

我從306病房出來的時候，也在奇怪為什麼病人醫生不見了，竟然就連那些黑影也消失了。醫護人員至今我不知下落，但是黑影，我終於知道它們去了哪。他奶奶的，全都躲到了停屍櫃裡。

它們為什麼會躲起來，為什麼選擇躲在這兒？它們，在害怕什麼？

「不好。」游雨靈滿頭冷汗，她的瞳孔裡甚至都空間扭曲了。密密麻麻的黑影流水似的，每一個都是一個透明的能量場扭曲點，不多時，她的視線裡甚至找不到沒扭曲的地方。

她感覺自己渾身都在發抖，但是動作並沒有慢。游雨靈迅速從包裡掏出幾個小瓶子，裡邊盛滿了某種透明的液體。

女道士將液體倒在地上，形成了一個圓。拽著我和文儀躲了進去。

遮天蓋地的黑影將整個太平間覆蓋，所有的空間裡只剩下被液體保護的一小撮圓將我們護在其中。我們三人背靠背，瑟瑟發抖。我高舉著手機，將手電筒的光儘量從腦袋上照向腳底下。從嚴老頭死亡的經歷看，這些黑影會順著人的影子進入人體，將人變成人不人鬼不鬼的沒智慧怪物。

我謹慎地不願意把影子暴露在圓圈外。關手電筒也不行，雖然沒有光線就沒有影，可世上能形成影子的因素太多了。我不敢冒險。

黑影不斷衝擊著那層油膩的透明液體。無聲中，一場關係生死存亡的廝殺在慘烈上演。

「妳這些液體到底是什麼東西？挺有用的啊。」我一邊緊張地關注著周圍的動靜，一邊問。

游雨靈手心裡都是汗：「你以為從前鬼門是用什麼保存的啊？這叫鬼門液。」他們游家取名的天賦和代代相傳的路痴屬性有得一拚，什麼鬼門液都來了。不懂的還以為是什麼補鈣口服液咧。

「什麼叫鬼門液？」

「鬼門那東西不能用普通的辦法保存，因為它無時無刻都會輻射對人體有害的能量。而且誰知道它會不會突然就發動傷害持有者？所以我們游家先祖在一千年前發明了一種方法。用快要死掉的黑皮老狗，割牠的脂肪液化成油脂，將鬼門浸泡在裡邊。久而久之，渾濁的狗油脂會隨著時間而變得清澈，裡邊甚至能蘊藏些微鬼門的力量。」

游雨靈嘆了口氣：「可惜鬼門液需要長達數百年的時間沉澱。而鬼門失蹤後，這些液體用一點少一點。」

「那妳還剩多少？」我緊張地問。

游雨靈一拍手：「沒了。而且抱歉的是，鬼門符我也用的差不多了。剩下的那一些我還準備用來搞定王才發，不能再亂用。」

情況危急，圈外的黑影毫不停歇地在消磨鬼門液裡附帶的隔絕力量。這些有可能來源於二次元的怪物們，彷彿對我和文儀特別感興趣。在密密麻麻的黑影衝擊下，地上的透明液體逐漸變淡，眼看就要損耗殆盡。

文儀試著朝黑影丟了幾個梨花鏢，輕巧的飛鏢從黑影叢中掠過，什麼也沒留下。以三次元的攻擊去打二次元，本來就存在悖論。除非你能在紙上戳一個洞。可是承載著這些二次元怪物的紙，又是什麼東西呢？

游雨靈咬住嘴唇，臉色陰晴不定。她暗忖著自己剩下的鬼門符能將那些黑影怪物消滅多少。無論怎麼算，身上的符咒都遠遠不夠。

難道，真的已經山窮水盡，三人只能束手等死了？

我深深吸了幾口氣，喝道：「我的朋友M，你也該現身了。」

聲音迴盪在空氣裡，在四面牆壁上反彈了好幾下。游雨靈和文儀都同時愣了愣，不知道我怎麼突然發神經亂叫喚了？接著她們同時一喜，難不成還有後援？

可等了一分鐘後，沒有任何人走出來，也沒有任何聲音回應我。

我一巴掌拍在了文儀的腦袋上：「別耍寶了。快點搞定這些怪物。」

文儀傻呆呆地回頭看了我一眼，眼神裡全是迷惑：「小夜，你打我幹嘛？我要收拾得了現在的局面，我早就努力了。」

我笑嘻嘻地盯著她看，直到看的她臉都紅了起來。自己老實不客氣地趁她害羞的瞬間，一腳踢在文儀屁股上，將她整個人都踢出了圈外。

在文儀的尖叫聲中，我說話了：「我的朋友M，不，還是叫妳的真名，鹿筱筱吧。」

「鹿筱筱女士。」

「爆發妳的小宇宙，燃燒妳的卡路里吧。我為妳加油喝采！」

文儀的臉色頓時變了，原本驚慌失措的臉上，綻放出了燦爛的微笑。她一眨不眨地看著我，對我比了個中指。

瀑布般的長髮在空中飛舞，轉身間，光芒大作。等所有人再次睜開眼睛時，無數螞蟻般噁心的黑影已經消失得一乾二淨。了無痕跡。

The End

後記

今年的冬天是暖冬，不冷，直到今天還沒有開暖氣。

一到冬天，最開心的就是餃子了。餃子最愛冬天，特別是晚冬。因為一到晚冬，她的生日就近了。

今年的冬天有些特別，因為暖和，所以霾還不算太嚴重。但是空氣品質也並不算好，我注意防護，在家裡開新風，出門就戴口罩。但喉炎還是犯了，喉嚨痛得很，每天都在吃蒲地藍和消炎片。

想來是慢性咽喉炎，不知道什麼時候才好得了。醫生要我加強鍛鍊，說到這的時候，我和醫生同時偏頭看了一眼窗外。

PM 指數 75 左右，天氣預報說是良，可是我和他都知道，這種所謂的良，也是不適合戶外運動的。

於是買了瑜伽墊，準備每天跟妻子一起跳運動操。呃，總之先堅持吧。

專家們說不要跟自己的伴侶一起跳操運動，我想這些專家或許都有某種深深的感悟。

成都是個吃喝玩樂的休閒城市，成都人都擁有謎之樂觀。在應對霧霾這一人為的不可抗力中，成都人也展現出了大家樂觀的一面。

每天早晨我七點過起來送餃子去幼稚園時，都會開車經過好幾個大大小小的公園。公園裡叔叔大娘們為了不擾民，戴著藍芽耳機，嘴上罩著口罩，開開心心地跳交誼舞、打太極拳、吊嗓子、彈各種樂器。

樂呵樂呵地在霧霾裡健身。

其實許多個後記中，我都提到了成都那揮之不去的霧霾。希望終究有一天，我會擺脫它。

說說書吧，很久很久以前，大約是十年前左右，我就想寫一篇長篇的關於醫院的恐怖故事。醫院在人類社會總是特別的，集合了絕望和希望。婦產科的人最充滿生機勃勃，因為那裡邊書寫著新生的故事，大部分人的人生，都是從那個地方開始。

而住院部和老年醫院，甚至加護病房和安寧中心，卻彌漫著各種人性。被病痛折磨的各種年齡層的人帶著治不好的絕望和死氣沉沉。安寧中心的老爺子老太太們在生命的最後一段時間中，互相竭盡全力炫耀著自己兒女的社會地位和出息程度。

但是住得久了，總歸會變成誰的兒女，能更常來探望自己。兒女來得少的羨慕每天都有兒女到來的。從來沒有兒女來的，空洞著麻木的雙眼，看著窗外發呆。

人老了，時間只是一段吃喝拉撒的記憶，甚至沒有記憶。

這裡，就是人生的終點。

你看，醫院就是這麼奇怪的地方。出生和終結，通常在同一個地方。

寫這本書的時候，在醫院裡數次取材時，我經常會想，自己的歸所，會不會也是在安寧病房呢？我當然是不希望如此的。

住進安寧病房，也就意味著自己得了不治之症，只能消極治療。我不想病死，我想有尊嚴的老去，在老到一定程度的時候也有自我照料的能力。最好死亡能在我睡覺的時候到來，不痛不癢，舒舒服服，沒有恐懼。

這恐怕也是所有活著的人的夢想。

二十多歲的時候，我喜歡讀詩寫散文。我總認為，我活不過三十歲就會死去，因為詩人都是悲傷的。生命都是波折的。

但幸好我不是做詩人的料。所以三十歲時，我並沒有死。反而有了餃子。

又扯遠了。

就這樣吧，希望大家喜歡這個故事。以及，下本書的後記，再和大家繼續扯。

夜不語

夜不語作品 29

夜不語詭秘檔案905：凶靈醫院

國家圖書館出版品預行編目資料

夜不語詭秘檔案905：凶靈醫院／夜不語 著.
一 初版. 一 臺北市：春天出版國際，2019.05
面； 公分. 一（夜不語作品；29）
ISBN 978-957-741-203-4（平裝）
857.7 108004963

ISBN 978-957-741-203-4
Printed in Taiwan

作者	夜不語
封面繪圖	Kanariya
總編輯	莊宜勳
責任編輯	黃郁潔
美術設計	三石設計
出版者	春天出版國際文化有限公司
地址	台北市信義區信義路四段458號3樓
電話	02-7718-0898
傳真	02-7718-2388
E-mail	story@bookspring.com.tw
網址	http://www.bookspring.com.tw
部落格	http://blog.pixnet.net/bookspring
郵政帳號	19705538
戶名	春天出版國際文化有限公司
法律顧問	蕭顯忠律師事務所
出版日期	二〇一九年五月初版
定價	170元
總經銷	楨德圖書事業有限公司
地址	新北市新店區寶興路45巷6弄6號5樓
電話	02-8919-3186
傳真	02-8914-5524